井波律子
井波陵一 編

楽しく漢詩文を学ぼう

中国文学逍遥 3

本の泉社

刊行にあたって

井波律子が遺した文章を「中国文学逍遥」全三冊としてまとめました。

第一冊『時を乗せて　折々の記』身辺雑記を含む折々のエッセイ
第二冊『汲めど尽きせぬ古典の魅力』専門分野である中国文学に関する論述やエッセイ
第三冊『楽しく漢詩文を学ぼう』高校の先生や生徒への講演記録、そして読書案内など

この三冊に収めた文章は新聞・雑誌のコラムや、さまざまな団体・機関に依頼されて執筆したエッセイ、そして未発表作品を含む講演の記録などから成り、すべて生前刊行された単行本には未収録です。

上梓するにいたった経緯については、第三冊所収の「編者あとがき」をご覧ください。

なお、原稿を整えるにあたり、それぞれの文章が書かれた当時の雰囲気を大切にするため、表記の統一やルビの増減は必要最小限にとどめました。

ぜひ、井波律子の視点や言葉に導かれて、「おもしろさを語ること」の醍醐味や、「語ることのおもしろさ」の躍動感を味わっていただきたいと願っております。

編者　井波陵一

編者解題

『楽しく漢詩文を学ぼう』

井波律子は様々な場で中国文学の魅力を伝え、学ぶ楽しさを語り続けた。「腕のいいライター」は「誘《いざな》いの名手」でもあったといえよう。その語り口を味わっていただくことを眼目として、全体を序章、第Ⅰ～Ⅲ章、別章に分けた。発表媒体や時期など、出典についてはそれぞれの文章末尾に示した。

序章「インタビューにこたえて」

第一篇は生活クラブ生協、第二篇は京都大学新聞のインタビュー。この二篇は時期・対象こそ違え、真摯にそして楽しく語る姿勢の一貫性をよくあらわしている。

第Ⅰ章「〈ライブ感覚〉の中国文学案内――高校の生徒さんと先生方へ」

若い人たちに中国古典に親近感を抱いてもらおう、そして教育現場で漢詩文の作品に接する機会が多い先生方にはさらに探究心を深めてもらおう。収録した四篇の講演はそれぞれ、工夫に富んだ活力あふれる語りである。講演のつねとして重複や繰り返しがあるが、補訂はごく一部にとどめ、臨場感を重んずることをむねとした。なお、漢文を学ぶ案内として、「私の「漢文ベストスリー」」を併載。

第Ⅱ章「本をめぐる風景」

漢字・漢文、中国文学をめぐる話題につき、個人的体験をベースにしながら、読書の面白さを語るエッセイで構成する。あわせて、ときどきに綴られた「おすすめ本」コラムを集めた。

第Ⅲ章「私の「書いたもの」から――自著を語る」

刊行後の自著について、それぞれの性格や目的、執筆の際のエピソードなどを述べた文章を収めた。一冊の本が出来上がるまでの「苦労あればこその快感」が率直に語られている。井波律子が「著書」や「著作」でなく、「書いたもの」というやわらかい言葉を好んだのは、桑原武夫先生の影響による。

別章「表現者＝中野重治をめぐって」

本書に収めた「編者あとがき」に記すように、本企画編纂の出発点となった文章である。若き日、「完全原稿」を用意して壇上に臨んだ井波律子の緊張感や気合いが伝わってくる。

「がんばる人生というのもなかなかオツなものだ」（一八四頁）――最後までがんばりぬいて不意に幕を下ろした「小さな巨人」の名調子を、本書に収めた講演記録で楽しんでいただければ幸いである。

目次

Ⅱ 本をめぐる風景

Ⅲ　私の「書いたもの」から――自著を語る

装幀＝坂口 顯

序章　インタビューにこたえて

辞書とつきあう・生きいきしたことばをつくりだすために

［生活クラブ連合会］

（1）

〈本選びの会〉辞書特集チームでは、生活のなかで生きいきしたことばをつくりだすために、文学・辞書の長く深い歴史をもつ中国の文学を研究していらっしゃる井波律子さんに、辞書とのつきあい方、生きた表現などについてお話を伺いました。中国の治世・乱世といわず、主体的に生きる人びとの系譜を研究し、人間性のもつ面白さを掘り下げて見事なご著書から受けた印象どおり、ひじょうに愉快で触発された一日でした。［生活クラブ事業連合生活協同組合連合会企画部　ＤＩＹ編集部］

――後漢末から東晋末（二世紀末～五世紀初）の著名人の挿話集『世説新語《せせつしんご》』を中心としたご著書『中国人の機智』（中公新書、一九八三年）を拝読し、当意即妙、思わず人をあっといわせる機智表現・言語センスに驚かされました。いま日本では、マス・コミにしても社会運動にしても、ことばが生きいきとしていないと感じるのですが。

中国は辞書や字典を作った世界で最初の国です。最古の字典は西暦一〇〇年頃ですから、その長い歴史を考えると、人間とことばの関係がみえてくるのではないでしょうか。

私が教えている若い学生たちは、「反語」など微妙なレトリックがわからないんです。「ウソ」とか「ホント」とかストレートな言い回ししかわからない。ことばが貧しいというか、発想が貧困というか……。

中国では、「詩言志（詩は志を言う）」といいますが、詩はことばですから詩が志ということは、何か心に思うことがあって、それを相手にどうしても伝えたいと思うから、〈表現〉ということが大事になってくるわけです。つまり、反語がわからないということは、発想が貧しいということにつながるのではないでしょうか。物事をみる見方が一面的だと、表現も一面的になってしまう。一つのことをこっちからもあっちからもみるような多面的な見方とか、自分の言いたいことをより的確に伝えるにはどういう表現方法があるのかといった考え方そのものが、いま忘れられているのではないでしょうか。

別な言い方をすれば、人と人との関係性をつくることができにくくなっている。人間同士がいつも本音でつきあうというのはつらいものですが、そういうときこそ、機智やレトリックがあれば、人と適切な距離を保って語りあうことができると思うんです。

——そういう例が『中国人の機智』にはじつに豊富に登場しますね。そもそも井波さんが『世説新語』の人びとに関心を持たれたのは？

ことばとは、表現とはどんなものだろうということを考えたいと思っていました。とくに『世説新語』の時代は乱世ですし、「嫌なものは嫌」といえば潰されてしまう社会で、どういうふうに自分の意志を表明してきたんだろう、と。

『世説新語』の人びとは、総じてたいへんプライドが高いですが、その反面、自分をつきはなしてみる、つまり自己相対化ができるからこそ笑いやユーモアが生まれてくるのだと思います。人との関係性のもち方がすごく洗練されている。自分と人との距離を身振りやことばであらわすことが確立されているのですね。たとえば、賢い孫をもったおじいさんが、孫の父親、つまり自分の息子をからかって、「わしはおまえにかなわんよ。おまえには立派な息子がいるからな」と言ってみたり……。

——それにしても、漢字の奥深さや、いかに短いことばで言い表すかを追求した「圧縮性」など、表現の多様性には目をみはってしまいました。

一つの漢字でもさまざまな歴史、重層的な意味をもっています。漢字はもともと象形文字ですから、じっと見つめているとイメージがわいてきますよね。たとえば、「顰蹙《ひんしゅく》」を見ていると、顔をしかめた様子が浮かんできませんか。また、漢字は意外と作りやすいということもあり、中国人は昔から新しいことばを作るのが好きです。ことば遊び・文字遊び・なぞなぞなども多いですよ。『中国のグロテスク・リアリズム』（平凡社、一九九二年）という本に書いたのですが、その伝統は現代にもつづいていて、天安門事件（一九八九年）のあとにも、文字の組合せによる暗号詩があって話題になりました。詩の字面の意味とは裏腹に、「李鵬下台平民憤（李鵬《りほう》は下台して民憤を平らかにせよ）」という文句が浮かびあがってくるというものです。これは、ことば遊びが時として、不本意な現実を切り裂く魔法の刃となる恰好の例だといえるでしょう。［李鵬は天安門事件で戒厳令を発した当時の中国首相――編者注］

――『世説新語』の人びとの言語遊戯を超え、「自己懐疑や自己否定の内的葛藤」を経て機智表現を深化・強化した、中国の近代文学を代表する世界的作家魯迅のことを井波さんは、「めったなことには騙されない、たくましい生活者」とおっしゃっていて、現在の日本の私たちにとってとても示唆的だと思いましたが。

いまの日本は情報があふれていて、どこかで聞いたことが頭の中でわんわん鳴っている。テレビで聞いたことを自分の意見と錯覚しておうむ返しにすーっと出してしまう。ことばが上滑りして、人のことばか自分のことばなのかもわからなくなってしまう。魯迅のようにことばを匕首《あいくち》のように鋭くするのは難しいけれども、研ぎ澄ましていくためには、自分の感覚を鋭くしておくことが必要なんです。

――そのためにはどうすれば？

好奇心をもつこと。いろんなものをたくさん見たり読んだりして自分自身を活性化し、柔軟にすること。失敗することもあると思いますけれど、おもしろそうなものに飛びついてみるとか、そういう気持ちの弾みみたいなものがないとだめですね。

たとえば本を読んでいるといい本にめぐりあいますよね。そしてその本をきっかけにぞろぞろいろんな本が出てきて、世界が広がる。そういうなかから、「騙されそうだと感じる感覚」も養われていくのではないでしょうか。量は質に転化するといいますが、やはりある程度量をこなさないとだめなんじゃないでしょうかね。

――そういう意味で、辞書とつきあうのもおもしろいし、大事なことなのですね。

そうですね。私もびっくりすることがたくさんありますよ。ちょっとめんどうくさいと思ってしまいがちですが、いつも手元に置いてその場でパッとひいてしまうと、思い違いや思わぬ発見があったり、ついでに隣のことばも読んだりして……。簡単なことばも重層化されていきます。それから、家の本棚に並べておけば、押しつけでなく、子どもの好奇心をそそるきっかけもつくれるでしょう。

次回は、漢字の奥ゆきやことばを駆使したレトリックについてお話しましょう。

（「DIY」一九九三年一二月号）

（2）

――中国にはどのくらい漢字があるのですか。

四万七千字といわれています。漢字は「六書《りくしょ》」と呼ばれる六種類の方法によって組み立てられています。そのうちの一つの形声《けいせい》という方法では、基本となる文字をヘンとし、音声を表わす文字をツクリにもってきて新しい文字を合成します。たとえば、「江」という字はヘンで水を表わし、ツクリで工という音を表わします。こういうふうにしてどんどん新しい漢字が作られてきたわけです。

中国には、太古の昔から辞書がものすごくいっぱいあるんですよ。成語の辞書とか。とにかく漢字の語彙は豊富ですね。もともとの意味だけでなく、中国には「典故《てんこ》」というのがあります。たとえば、「碩鼠《せきそ》」は大きい鼠という意味ですが、『詩経』には「碩鼠」という税金のとりたてが厳しいことをうたっている詩があるので、たんに大きい鼠を指しているだけでなく、伝統的なイメージがあるんです。字の一つひとつの意味と、どういう脈絡で、どういう書物の中で使われてきたのかを知るためにも、辞書は欠かせません。表層の意味と重なり合っている意味をほぐしていくのがおもしろいんですね。

漢和辞典をみていても同じようなことがありますよね。一つのことばもいろんな意味がオーバーラップして、深く重なってきてイメージがつくれる。

——現在刊行されている漢和辞典ではどのようなものをお使いですか。

やはりなんといっても、諸橋轍次《もろはしてつじ》さんの『大漢和辞典』（大修館書店刊）ではないでしょうか。ただ、これは全十四巻のボリュームですから、普通の家庭ではなかなか揃えられないかもしれませんね。日常的には、『新字源』（角川書店刊）をもうボロボロになるほど使っています。中国の文化史年表や歴史地図、助字の解説も載っていて、重宝しています。

――前回お伺いした魯迅のように、論争相手に対する容赦ない悪態のつき方、罵倒の徹底性を、「罵倒の芸術」「悪態の美学」とお書きになっていて、とても面白いと思いました。日本では怒り方も内向的だと思うのですが……。

中国では、自分と人との距離、微妙な関係性を身振りやことばであらわすことが洗練されていると思います。たとえば、夫婦喧嘩も表の通りに出てやるんです。恥ずかしいという感覚も違うんでしょうね。

「妓女《ぎじょ》」の話でこういうのがあります。妓女とは芸者・遊女のことですが、男に裏切られて品物みたいに扱われた妓女が、停泊中の船から、聴衆にむかって相手を罵倒するんです。相手のウィーク・ポイントを鋭く突いて言いたいことをすべて言い尽くし、公衆の目の前で川に飛び込んで自殺する。とりまいている民衆は正当な方に味方する。いわば〈市場・広場〉の感覚ですね。すごくオープンな形で自分の権利を主張するんです。［この妓女の名は杜十娘《とじゅうじょう》。『中国のグロテスク・リアリズム』の「続・妓女の話」に詳しい――編者注］

――女性の抑圧に対する対抗の仕方が、内向的な日本とは違うのではないでしょうか。

ここぞというときに、ど肝をぬくくらい怒らないと。そのための女の表現も工夫しないとだめですね。めんどくさがってはだめ。いちいち言うのはしんどいと思っているとズルズルと……。レトリックを身に付けて。

――レトリックの大切さ・可能性に関しては、ご著書『中国的レトリックの伝統』（影書房、一九八七年）のなかで、鋭い歴史認識をもって、真実を問いなおす創造的批評活動をおこなった花田清輝さんのレトリックについて書かれた章を、とても興味深く読みました。

花田清輝さんのお書きになったものを読むと、いつも自分のなかに知らず知らずのうちにできあがっている固定観念を、ものの見事に突き崩される快感を感じて、たいへん解放された気分になります。花田清輝さんはあるエッセイで、「皮を切らせて骨を切る」ということばに対して、「骨を切らせて皮を切る」と逆説的にいっておられますが、そういうふうの常識をひっくり返すようなこともおもしろいですよね。こういうふうに意表をついて、パシッときめることも大事だと思います。

花田さんのレトリックには、ことばをごった煮みたいに攪拌《かくはん》してふくらませていく方向と、また、ことばを研ぎ澄ましていく方向の二つの面がありますよね。多様な世界を多様なまんまにとらえるときにどう表現するのか、自分自身の伝えたいことをいろんな表現の仕方を使っていくにはどうするのか。ことばのもっている惰性みたいなものを剝ぎとるためにレトリックが必要なんだと思います。

単調な表現ばかりしていると、アーとかウーとか言ってお終い、みたいなことになる。それでは精神が貧困になるんじゃないかしら。

――そういう表現の仕方を身につけるには精神が解放されていないと……。

そう。精神が自由で解放されないとできないし、同時にまた、解放するためにもレトリックは必要な道具でしょうね。つまり往復運動みたいなものです。

口舌による自立の伝統のある中国と比べて、このことが、とくに日本で困難なのは、情緒的にすべてを流して、なあなあで済ませることをよしとするからではないでしょうか。しかしだからこそ、今日の日本で私たちが生活の中で生きいきしたことば・表現をつくりだすことが、とても大切なことなんだと思います。いろいろな〈ことば〉と出会い、深めていくこと、いかに表現していくか、これからも考えあっていきたいですね。

（「ＤＩＹ」一九九四年一月号）

翻訳者にきく 「三国志」の読み方

［京都大学新聞］

今もむかしも日本人は三国志が大好きだ。かたちや規模は違っても三国志ブームの火は消えることはなかった。現代においては三国志ほど人気のある中国文学は他に類を見ない。歴史書たる『三国志』、歴史小説の傑作『三国志演義』をはじめとして、非常に多くの作品が世に生み出され、受け入れられてきた。

何がそこまで我々を惹きつけるのだろうか。演義の全訳を個人で完遂し、関連書籍を数多く手がけるなど、『三国志』だけでも『三国志演義』だけでもない、「三国志」について知り抜いた、最高の語り部たる井波律子さんに、その魅力を話してもらった。

翻訳という仕事について

――井波さんは数年前に『三国志演義』個人全訳という偉業を成し遂げられました。これは作業量だけでも相当大変だったのではないですか？

それはもう。トータルで六年くらいかかった事業です。毎日毎日少しずつ、積立貯金みたいに少しずつ進めていきました。一気に進める日もあれば、難しくてなかなか進まない日もあった。ですが終始一貫、なんて面白いのだろうと愉しみながら翻訳できました。

三〇年も前ですが、私はもともと正史『三国志』を共訳したことがあったんです。大学で六朝《りくちょう》文学を専門にしていた流れで、先輩から話があって。それから曹操《そうそう》父子の詩に着目して論文を書いたこともあったし、三国志関連の本も何冊か書きました。今はどうかわかりませんが、当時は三国志といえば『三国志演義』のことだった。そうした中で史実としての『三国志』を取り上げることで、いわば虚構をそぎ落とすようなことをしていました。

すると今度は、歴史がいかに物語化されていったのかに興味を持つようになって演義全訳を志すようになりました。もちろん大変なことはよくわかっていました。正史『三国志』は三人で分担して、私は蜀書だけを訳したんですね。こうした共訳ができたのは『三国志』が三部構成をとっており、魏書・蜀書・呉書がそれぞれ独立しているからです。けれども『三国志演義』は物語ですからね。全体で一つの流れを持つ物語だから、言語感覚も文体も異なってはいけない、やるなら一人でやらねば、ということで個人全訳してみようとなったのです。

――『三国志演義』は『三国志』をベースに『世説新語』などたくさんの書物の影響を受けてつくられた講釈をまとめたものとされています。非常に複雑な経緯を経て成立しています。翻訳される際に多くのレファレンスが求められたのではないですか？

先述の通りもともと正史の翻訳をしたから、そののちも周辺の文学作品や歴史資料を読んでいたから、翻訳に当たって新たに勉強しなおすことはなかったですね。なにしろ三〇年間も三国志と向き合ってきたわけですから（笑）。二世紀から三世紀の間、約一〇〇年間に起こった歴史事実がその後一〇〇〇年以上かけてどう物語化されていったか、その流れは自然に意識できていたような気がします。

——読者もやはりそうした「物語化」の流れに思いを馳せながら読むのがいいのでしょうか？

そうは思いません。物語なのですから難しいことをいちいち考えなくてもいいと思いますよ。楽しんで読まないと。まあ正史と演義を読み比べてみるという楽しみももちろんありますが。演義は本当に面白いですよ。人物の葛藤だとかダイナミックな勢力の盛衰などなど。もともとが「語りもの」ですから、耳で聞いて理解できなくてはいけない。だから言葉も平明でリズムがある。私も翻訳するときには単なる歴史の記述をするのではなくて語りの調子を出そうと努力しました。

——むかしの中国の人が話していた、語っていた言葉を現代の日本語に直すのはとても大変なことと思いますが…。

そこに翻訳の難しさがあります。やっぱり現代の日本に生きる私が読み、訳すのだから、言語感覚をそのまま引き出すのは無理であって、今の時代に現在的な時間として動く演義世界が描けたらいいな、と。「いま、ここに」描かれる三国志世界、「歴史的現在」みたいな感じで。

海外の歴史物語を翻訳するときに「ござ候」みたいな日本の時代小説風の訳をする人がいるけれど、あれはよくないと思います。言葉のにおいがぜんぜん違いますから。だって私が中国語の原文を読んでいるとき、たとえば関羽がそんな言葉遣いをしているとは読んでいませんからね。誰でもそうだと思うけど、外国語を読むときは自動的に日本語化して今の自分の言語感覚で捉えていると思う。だからもしかしたら、三国志の人物が今っぽいしゃべり方してるな、というところはあるかもしれません。

ああ、ひとつ気をつけたのはカタカナはやめておこうということですね。三国志の時代の人がカタカナ語を話していたら可笑しいでしょう（笑）。

「物語」を内包した「歴史」

――三国志は日本で非常に人気がありますが、どんなところに魅力があるとお考えでしょうか？

まず正史の話ですが、『三国志』は陳寿《ちんじゅ》という歴史家が書きました。蜀に生まれ、蜀滅亡後は晋に仕えたというほぼ同時代の人物です。後代の正史は王朝に任命された複数の史官が、前の王朝についての歴史を編纂したものですが、『三国志』それから『史記』『漢書』『後漢書』までは一人の歴史家が個人の立場で書き上げたものです。だから、それぞれの歴史家の視点が反映されていて、その人の歴史観・時間認識が濃厚に現れています。その点でこれら四つは正史というジャンルの中では特に傑作だとされます。

――主観の入った歴史書が傑作とはどういうことでしょうか?

歴史書としてだけ見るならば客観的記述で事足ります。何年何月に何があったということを列挙すればいい。ですが作品としてみたとき、『三国志』のようにフィルターがかかったものは逆にすぐれたものになる。陳寿は晋王朝のもとで書くわけですから、当然、晋に禅譲《ぜんじょう》した魏王朝を正統として書かねばなりません。けれど先ほど述べたように彼は蜀の人です。魏を正統としたうえで客観的に歴史を記そうとする姿勢も感じられますが、同時に蜀を称揚したい、という意識も随所で感じられるんですよ。魏や晋の人物に関しても「読む人が読めば批判しているとわかる」程度に批判している部分があったりする。そこが面白い。

だから、のち演義が書かれるとき蜀正統論で物語が進みますけど、その萌芽はすでに正史にあったわけです。演義をまとめたのは明代の羅貫中《らかんちゅう》という人物だとされていますが、彼自身の歴史観みたいなものはさほど感じられない。陳寿の歴史認識を下地に、その後の時代、たとえば異民族の圧迫感を感じていた南宋時代の判官贔屓《ほうがんびいき》的な感情を羅貫中は採用しているだけです。

その意味でいえば、すでに『三国志』という歴史書が『三国志演義』という物語に変身していく可能性を持っていたのでしょうね。

演義がすぐれている点には三国志世界を時系列順に組みなおしたことが挙げられます。『三国志』は紀伝体《きでんたい》［「紀」は皇帝の伝記を記した本紀《ほんぎ》、「伝」は臣下の伝記を記した列伝――編者注］で書かれているため、時間の、歴史の流れは非常につかみにくくなっています。陳寿自身非常にしっかりした時間認識は持っているのですが、紀伝体というスタイルを採用している以上、それは読者にはわからない。赤壁の戦いについて読もうと思っても、曹操の伝（武帝紀）では原文でたったの二二字、あっさりしたものです。彼は大負けしているのだけれど、魏を正統とする以上、負け戦について大々的には書けない。

対して呉の人物や諸葛亮の伝では詳細に記述されている。これらの記述を総合的に読まないと一事件の全体的経緯や歴史の全体的なダイナミズムはつかめない。それぞれ空間的に「離れた」ところに掲載されているから、同じ時間軸上に事件を並べるのは難しい。

演義はそうしたばらばらの場所に記された事件をおおむね正しい時間軸に乗せて構成しなおして

いる。また、一〇〇年の歴史を全一二〇回に分け、それぞれの話に対句の見事なタイトルをつけています。すごい構成力ですよ。この羅貫中と目される演義の作者は相当な教養の持ち主だったに違いありません。

そして、語られつづける

――正史、演義ともに翻訳された井波さんですが、実感としてこれらのいわゆる「原典」に触れる読者というのはあまり多くないのではないでしょうか？　日本人作家による小説やマンガ、あるいはゲームなどで三国志世界を知る人が多いような気がしますが。

まあ絶対数としては少ないでしょうが……。でもゲームとか何かで三国志にディープにはまった人には演義や正史の原作も読んでみようとする人も結構いるようです。私としてはどんな入り方でもいいと思いますよ。マンガやゲームで三国志世界に触れて、もうちょっと知りたい、と思ってもらえたらいいと思います。もともとはもっと面白いんだよってね。

私も吉川英治版は読んだことがあります。横山光輝のマンガ版もパラパラめくってみたりしました。作家の書いた三国志ものは、今度はその作家の視点から書かれている。それはそれでとても面白いものです。それでもやっぱり、「原作はいい」って思いますよ（笑）。

――日本人作家による三国志ものは、ほとんどが演義のほうを典拠にしていますね。考えてみればそれは三国志という歴史事実の「虚構化の虚構化」になります。そうした文学的な動きについてどう思いますか？

本当は正史に立ち戻ってそこから虚構化する姿勢のほうが正しいのかも知れませんけどね。ちょっと前に作家の陳舜臣《ちんしゅんしん》さんと対談したときに聞いた話ですが、作家は『三国志演義』みたいな物語を読むと「自分も書きたい」と思うようです。自分の三国志世界を構築したいってね。正直なところ私はそうした意欲はなぜ湧いてくるのか、よくわかりません。私の場合、原文を読んでこれをそのまま日本語化して紹介したいと思った。その点、作家さんの意欲に通じる部分はあるかも知れませんけれどね。究極的には翻訳だって原作を移し変えることですからね。

自分がどう読むかっていう問題なのでしょう。私の場合、テキスト化された講釈のあの中国語の流動感をなんとか日本語にして伝えたい、と思った。作家さんは『三国志演義』を読んで、「もしここであいつがこう動いたら」、「もしこの場面にあいつがいれば」とかいう想像力を働かせながら読んで、その想像を活字化したいと思ってしまう。そういうことなのでしょう。

だから、私の翻訳や他の作品でも、読んだ人が今度は自分の視点で三国志世界を構築していくのがいいのではないですか。

――三国志に取材したゲームやマンガを見ていて感じることなのですが、人物のビジュアル化が甚だしく進んでいる気がします。なんとなく納得できるビジュアルもあれば、違和感を覚えるものもあります。井波さんはお感じになることはありませんか？

たしかにありますね。ビジュアルのことですが、『三国志演義』には非常に風貌に関する記述が多いですね。関羽《かんう》の見事なひげとか眉目秀麗な周瑜《しゅうゆ》とか。馬超《ばちょう》なんか「玉のような顔、流星のような眼、虎の体に猿の腕……」とかなんとかって、非常に詳しい描写ですが、そんな気持ち悪い人間がいるかしらって思いますけどね（笑）。ひげとか体格とか本当に見た目の話が多い。シンボルマークがはっきりしているんですね。それももともとが講釈という形なので、耳で聞いてイメージしていたからだんだん強調されていったのでしょうね。正史のほうは、演義ほどは書いてありませんが、劉備《りゅうび》の大きな耳の描写がすでにありますよ。そうした記述をさらに強調していった先に今日の絵や人形などに描かれる人物像があるのでしょう。

――ビジュアル化と並行してキャラクターの独立を感じます。マンガやゲームで描かれるイメージを元に三国志の登場人物にファンがつくような状況にまでなっている。こうしたキャラクターの一人歩きに関して思うところはありませんか？

見た目だけでなく描かれる人物それぞれがすごく個性的ですからね。あらゆる人物類型が三国志の中にはある。「誰々が好き」という読み方だって構わないと思うけど、その人一人だけが三国志世界を生きていたわけではないですからね。一人じゃ乱世を戦えませんから。

物語の本当の面白さは、色んなタイプの人間がいて、それらの人間が織り成す関係性にあると思います。関羽の魅力は一騎当千の武勇であり、一途に貫いた忠義であるけれど、その上に劉備や張《ちょう》飛《ひ》、敵方であるはずの曹操との微妙な関係性が加わるから絶大な人気を獲得したのではないでしょうか。

――日本と中国の読者では三国志の物語や人物イメージの受け入れられ方には違いがあったりしますか？

人物のイメージはそう違わないと思います。人気に関しても、関羽は人気があって曹操は嫌われる。違いよりも共通性のほうが見られて面白いですよ。

物語の受け入れられ方の点で言えば、中国では権謀術数の物語として読まれている気がします。子どもの読み物じゃないんですよ。欺《あざむ》いたり騙《だま》したりの世界ですから。日本では群像活劇として読まれていることが多いのではないですか。なんか三国志の話をビジネスの話に結びつけているような本もあるようですね（笑）。いいと思いますよ、自分の読み方というか、必要度合いに応じた読み方で。ただ歴史文学として、とても楽しいものなんだ、感動的な物語なんだってことは知っていて欲しいと思いますね。

日中の違いというより、本当に読む人それぞれによって違う、といえると思います。

――井波さんは中国文学の世界を縦横に往来し、その世界を『中国の隠者』『奇人と異才の中国史』など独特の切り口で紹介する本をたくさん書かれています。こうした著述スタンスをとるのは何故ですか？

人や物語を紹介するときには具体的なイメージが浮かんでくるのがいいと思うんです。それで私はできるだけたくさん、具体的に、中国の文人や文学作品に関するエピソードを取り上げます。そうすることで、その人やその作品のコンセプトが浮かび上がってくる。論理の言葉でいくら言っても、「あなたはそういうけど」ってなってしまう。

『三国志演義』翻訳の際に、「歴史的現在」を顕現させたいと言いましたが、三国志に限らずどんな歴史でも、新たな光を浴び、新たな文脈でとらえかえされるたび、いきいきと蘇ってくるものです。詩や小説に関しても原書に脈打つ情動やリズム、汲めど尽きせぬ魅力を伝えられたらいいなと思っています。

私自身、面白くて楽しいものを求めて、古代から近世・近代に至るまで中国文学の世界を探求しています。楽しくないことを無理にやってもしかたありません。私自身の驚きと快楽に満ちた読書体験が反映されていればこれに勝る喜びはありません。

——ありがとうございました。

（『京都大学新聞』二〇〇八年二月一六日）

I

〈ライブ感覚〉の中国文学案内——高校の生徒さんと先生方へ

歴史と物語

［京都・洛南高等学校］

（文化祭講演／一九九六年一〇月五日）

井波律子です。今日は「歴史と物語」という演題で、「三国志」をめぐってお話しします。今、校長先生がおっしゃったように、「三国志」は横山光輝の漫画とか、コンピューターゲームもありますので、皆さんの中にもきっと非常に詳しい方がいらっしゃるでしょう。

「三国志」はもともと二世紀の末から三世紀の終わりまで、今から千七百年ないし千八百年も昔の中国の出来事です。どうしてこんな昔のことが今でも手に取るようによく分かるかといいますと、ご承知のように中国には各時代ごとに正史と呼ばれる歴史書があるからです。

「三国志」も、もともとはその正史の一つです。その歴史の方の正史『三国志』を書いたのは陳寿という人で、陳寿は『三国志』に書かれている三国時代のすぐ後の時代、西晋という王朝の時代の人です。

歴史というと、年代順に記録が並んでいる本を皆さんはすぐ想像されると思いますが、『三国志』はそんなふうには書かれておりません。人物の伝記を並べるという形になっています。そういうふうに人の伝記を並べる歴史の書き方を列伝体《れつでんたい》と言います。

『三国志』だけではなくて、中国の歴史書はみんな列伝体になっています。これは、それぞれの時代に実際に生きた人間を通して具体的に歴史を観るというやり方です。

『三国志』では、三国に応じて魏書、蜀書、呉書に分けています。魏書には、曹操をはじめ魏晋の国で活躍した人々の伝記を集める。蜀書には、劉備をはじめ蜀の国で活躍した人々の伝記を集める。呉書には、孫権をはじめ呉の国で活躍した人々の伝記を集めるという形になっています。

正史『三国志』の時代

では、この正史の『三国志』に書かれた人々の伝記を通して浮かび上がってくる「三国志」の時代は、おおまかに言うと、一体どういう時代であったのか。

「三国志」の前の時代に中国を支配していたのは、後漢王朝です。この後漢王朝が二世紀の終わり頃になると衰えてしまって、政治も社会もめちゃくちゃになってしまいます。そうなりますと社会不安が募り、税金もすごく高くなります。そこで食べていけなくなった人たちが、張角《ちょうかく》という人物を教祖とする道教系の新興宗教、太平道の信者になって黄巾《こうきん》の乱という大反乱を起こします。

黄巾は黄色いターバン、鉢巻きという意味で、黄色い鉢巻きを巻いた反乱軍が中国各地で大反乱を起こしました。

当時、中国を支配していた後漢王朝は義勇軍を集めてその反乱をかろうじて抑えこみますが、まもなく漢王朝の内部でも権力闘争が起こる。男でありながら男でない宦官《かんがん》と皇后の親戚の外戚が王朝の主導権をとろうとしてものすごい闘争をやります。大混乱になったところに、中国史上、指折りの獰猛な武将の董卓《とうたく》が乗り込んで来て、後漢の首都洛陽を制圧し、それまでの皇帝を辞めさせて、皇帝の弟を新しい皇帝にするなど、やりたい放題をします。

実際には、董卓という狂暴な武将が主導権を握った時点で、後漢王朝は滅んでしまったと言えます。これ以後、董卓を避けて中国各地に散らばった武将たち、群雄たちが董卓を討伐するという名目でそれぞれ自分の武力を強めるということが起こります。こうして群雄割拠の「三国志」の乱世が始まります。

曹操と袁紹

三年ほどして、董卓は自分の養子の呂布《りょふ》――呂布は「三国志」の中でもこれまた指折りの豪傑ですが――によって殺されてしまいます。そうなりますと、董卓討伐を共通のスローガンにしてそれまで協力していた群雄たちの間に、互いに相手たちをやっつけて自分の勢力を強めようという動きが起こり、至る所で激しい武力衝突が起こるようになります。

とりわけ、政治や文化の中心地である華北が群雄たちの激戦地帯になった。中心地を押さえたものが天下を支配するというのが鉄則ですから、非常に激しい争いが起こるわけです。時間が経つにつれて華北の群雄たちはだんだんつぶされていき、最後に袁紹《えんしょう》と曹操の二人が勝ち残り、対決することになります。

西暦二〇〇年、中国の年号では建安五年に行われた袁紹と曹操との天下分け目の戦いは官渡《かんと》の戦いと言われますが、この戦いに勝って華北の支配者になったのは曹操でした。

曹操というのは皆さんも名前は聞いたことがあると思いますが、字《あざな》を孟徳《もうとく》と言います。字というのは、もう一つの呼び名です。昔の中国では本名の他にもう一つ字がありまして、それが呼び名になります。本名を呼ぶとその人の存在を冒すということで、本名を呼ぶことはタブーであり、人を呼ぶ時には字で呼ぶのが通例です。

曹操は、戦争に強いばかりではなく政治、経済にも非常に優れた才能を持った人物でした。また人の意見を非常によく聞いて、その通りだと納得すると早速に実行するという心の広いところのある人物でした。そのために曹操の周りには軍事的な才能を持った豪傑ばかりではなく、政治、経済、文化など様々な分野で才能を持った人たちが大勢集まりました。荀彧《じゅんいく》という人が曹操の周りに集まった知的エリートの代表です。

これに対し、曹操のライバルである袁紹は、軍事力では曹操をはるかに上回るものがあったのですが、政治とか経済には全く関心がなくて、そういうセンスもなかったのです。おまけにうたぐり深くて人の意見を素直に聞くことができなかった。そういう性格でしたので才能のある家来たちがどんどん袁紹の許を離れていきました。実際に武力をもって戦う前に、袁紹はすでに曹操に負けていたと言えます。

官渡の戦いで袁紹に勝って華北の支配者となった曹操は、その後数年かけて袁紹の残党を滅ぼし、華北のみならず北中国のすべてを制覇しました。曹操の目標は、南北あわせて中国全体を支配することです。そこで曹操は二〇八年、百万もの大軍を率いて南中国――江南です。だいたい揚子江、長江より南を指します――に向けて進撃を開始します。しかし、結局、曹操は江南を制覇して天下統一の夢を実現することはできませんでした。この時、曹操の大軍を撃破して江南から追い払ったのが劉備と孫権《そんけん》でした。

劉備は字を玄徳といい、漢王朝の一族だと自称していましたけれども、本当かどうか定かではありません。劉備は別に力が強いわけでもないし、特に頭がいいというわけでもないのに、何となく人を引き付ける魅力がある、そういう人でしたので、義兄弟の関羽、張飛をはじめ、多くの豪傑に心から慕われました。

劉備は黄巾の乱が起こった頃から関羽、張飛を中心とする軍団を率いて活躍し、やがて華北の有力な武将の一人になりました。しかし華北を支配した曹操と決定的に対立することになり、曹操が官渡の戦いで勝利した後は華北にいられなくなって、南の荊州、現在の湖北省――北中国と南中国のちょうど真ん中で戦略的に非常に重要な地点ですが――に逃げ込みます。

諸葛亮の登場

この頃、荊州を支配していたのは、劉表という人物でした。この劉表の許に身を寄せて、劉備は数年間居候生活を続けたのです。ここで劉備は曹操が攻めてくる前の年に、彼の運命を変えることになる非常に優秀な人物と出会います。いうまでもなく、諸葛亮《しょかつりょう》、字は孔明《こうめい》です。

これまで劉備には関羽とか張飛とかいう豪傑の部下はいましたけれども、残念ながらこの豪傑たちは力はあるけれども、あまり知的であるとは言いがたい。曹操に優れた軍師の荀彧がいるように、劉備自身も、全体の状況を見渡して的確な戦略を立ててくれる有能な軍師を得たいというのがかねてからの痛切な願いでした。

荊州の人たちは諸葛亮を臥龍《がりょう》——寝そべっている龍、才能はあるけれどそれをまだ隠して世の中から隠れている人という意味ですが——に例えていました。劉備は、その聡明な諸葛亮の存在を知り、三回も諸葛亮の家を訪問して、どうか自分の軍師になって欲しいと協力を要請しました。これが有名な三顧《さんこ》の礼です。

諸葛亮はとうとう劉備の熱意にうたれて、彼の軍師となり、以後、死ぬまで劉備とその息子の劉《りゅう》禅《ぜん》のために力を尽くすことになります。日本で一番人気があるのは、言うまでもなくこの誠実な諸葛亮です。

孫権と劉備の同盟

このあとすぐ、曹操が大軍勢を率いて南に進撃を開始します。

まず曹操は劉備たちがいる荊州に向けて攻めて来た。曹操と仲の悪い劉備はつかまってしまったら終いだと、諸葛亮や関羽や張飛を連れて必死になって逃げ出した。なにしろ曹操は公称百万、話半分としても数十万の軍勢を率いて攻めて来ているわけですから、まともに戦うことはできない。逃げるしかない。

劉備がいた荊州は、揚子江が西から東に流れるちょうど真ん中あたりにありますが、この揚子江が海に流れ込む下流のあたりを江東と言います。この江東を支配していたのが孫権、字は仲謀《ちゅうぼう》です。孫権は三代目であり、父の孫堅は、曹操や劉備と同世代の人で、非常に有名な群雄の一人だったのですが早くに戦死しました。跡を継いだのが長男の孫策、つまり孫権のお兄さんです。孫策は天才的な武将で、あっという間に出身地の江南を平定した。ところが、この人もまた二十六歳で若死にしてしまう。というわけで、父と兄が若死にした後を継いだのが孫権です。

孫権は兄、孫策の親友でやはり軍事的な天才である周瑜《しゅうゆ》に助けられてじりじりと勢力を強めた。そんな時にちょうど曹操が南に向かって攻めて来たので、孫権も大ピンチに陥った。共通の敵の曹操を前にしてピンチになった二人、つまり孫権と劉備が結局手を結んで協力して曹操と戦うことになります。この結果、二〇八年の暮れ、孫権の軍師である周瑜が赤壁の戦いで、わずか二万の軍勢をもって百万の曹操軍を木っ端微塵にやっつけるという奇跡的な大勝利を収めて、曹操を江南から追い払うことに成功します。曹操の天下統一の夢は破れたのです。

「三国志」の面白いところは、このように強い武力を持つ者が必ずしも勝つとは限らず、大逆転が起きるところにあります。官渡の戦いでは、袁紹の方が軍事的には圧倒的に優勢だったのですが、それを弱い方の曹操が木っ端微塵に撃破した。ところが今度は、曹操は百万という圧倒的な軍事力を持ちながら、何とたったの二万、五十分の一の周瑜軍にころりと負けてしまう。本当に面白い大逆転です。

もっとも曹操は赤壁の戦いで大負けをして北へ逃げ帰りましたが、これで勢力がなくなったわけではなくて、北中国では以前と変わらない勢力を持ち続けます。曹操はその後も何度も江南に攻撃をしかけますが、結局そのたびに孫権や劉備に阻まれ、揚子江の南には攻め込めないということになります。

劉備と孫権の争い

「三国志」の世界では、赤壁の戦いを境にして話の舞台は江南、南の方に移ります。曹操を追い払った後、今度は劉備と孫権の間に争いが起こるようになります。問題はどちらが荊州を支配するかということにありました。

もともと荊州を支配していた劉表は、曹操が攻めてくる少し前に病気で死んでしまいました。その息子達は誰が跡を継ぐかという争いをしているうちに力を弱め、そこへ曹操が攻めて来て、荊州の支配者はいなくなり、がらあきになりました。

その荊州を手に入れようと、今度は孫権側の軍師である周瑜と劉備側の軍師である諸葛亮、両方とも「三国志」世界きっての知恵者ですが、二人がすさまじい知恵くらべを行う。ところがその最中、周瑜が病気で死んでしまいます。その結果、劉備と孫権の間で話し合いがつき、しばらく劉備が荊州を借りるという形でけりがつきました。

天下三分の計

諸葛亮は劉備の軍師になった頃から、天下三分《てんかさんぶん》の計を持っていました。北中国を支配する曹操の勢力に対抗するにはどうするか。孫権と手を結びながら、劉備は荊州とそのさらに西にある蜀、今の四川省ですが、蜀を手に入れて自分の国にすべきだという計画だったのです。荊州の方は借りるという形ながら、すでに手に入れましたので、今度は蜀だと考えた諸葛亮は劉備に蜀を攻め込ませます。

この時、蜀を治めていたのは、あまり賢くないということで有名な劉璋《りゅうしょう》という人でした。劉璋の家来の中にも主君の劉璋よりも劉備の方がずっといいと思う人がすでにたくさんおりました。それでも、随分時間がかかり、劉備が蜀を完全に制覇して自分のものにしたのは、攻め込んでから三年後のことでした。西暦にすると二一四年のことです。

蜀は、険しい山に囲まれているので容易に敵に攻め込まれることもない。そういう安定した根拠地を劉備はここで手に入れました。この時、劉備はすでに五十四歳でした。この年になってようやく自分の国を手に入れたことになります。蜀の方が安定度が高いので、諸葛亮をはじめ劉備の主だった家臣はすべて蜀に入り、荊州には軍事的才能のある関羽が居残り、荊州軍事責任者として頑張るという配置ができあがりました。

諸葛亮は曹操と同じく、政治や経済に非常に強いシビリアン、行政家としての才能があったので、わずか数年できちんとシステム作りをして蜀の国をまとめあげました。この頃、政治を諸葛亮に任せた劉備は、豪傑たちを率いて蜀のすぐ北の漢中まで攻め込んで来た曹操の軍隊を撃退したりして、非常に勢いを見せます。この頃が一番劉備のいい時期です。

関羽と曹操の死

順風満帆の劉備でしたが、困ったことに、蜀と江東の間に挟まれた荊州に居残っていた関羽と、江東の支配者、孫権の間が非常に悪くなる。その結果、劉備との同盟を破棄し、曹操と手を結んだ孫権によって関羽は追い詰められて殺されてしまう。この事件によって荊州南部はすべて孫権が支配することになります。ちなみに荊州北部は曹操の支配下にありました。このあたりでまた三国志の歴史は大きな転換点を迎えます。

関羽が死んだのに続き、曹操も病死します。曹操は結局、孫権と劉備に阻まれ、天下を統一することこそできませんでしたが、北中国で強い勢力を持ち続けておりましたので、年をとるにつれて段々と権力欲が強くなり、まだ名前だけ残っていた後漢王朝を滅ぼして自分の王朝を建てて皇帝になりたいと考えるようになりました。しかし、曹操は皇帝にならないまま死にました。

曹操は文学的才能にも非常に恵まれた人で、詩人としても非常に立派な作品を多く残しております。そんな人でしたから、もとの皇帝を力ずくで押しのけて自分が皇帝になるという権力欲むきだしのやり方には結局抵抗があったものと思われます。ただ、曹操の息子の曹丕《そうひ》は、曹操とは全く違っていました。曹操が死ぬとすぐ、曹丕はまだ名目的に続いていた後漢王朝の最後の皇帝、献帝《けんてい》から強制的に皇帝のポストを譲り受け、魏王朝を建てて自分が皇帝になります。

三国の分立

魏王朝ができると、続いて漢王朝の一族と名乗る劉備も蜀王朝を建てて皇帝になる。江東を支配していた孫権が呉王朝を建てて皇帝になったのは数年後のことですが、曹操が死んだ二二〇年あたりで、魏、蜀、呉——揚子江より北側を曹丕が支配し、南側の東半分を孫権、西半分を劉備が支配するという三国分立の形勢が出来上がり、三国時代が始まったと言えます。

劉備は蜀王朝を建てて皇帝になりましたが、家来で義兄弟の関羽が呉の孫権に殺されたことが悔しくてたまらないので、諸葛亮たちの反対を押し切って呉に攻め込みます。案のじょう、大敗北を喫し、蜀に逃げ帰ってそのショックから重い病気にかかって死んでしまうのです。その時、劉備は諸葛亮に、劉禅というあまりできのよくない息子を助けてやって欲しいと遺言を残します。劉備は非常に情の深い人で、皇帝になったことよりも、無念の死を遂げた自分の親友であり義兄弟である関羽のため、復讐することを大事に思った人だったのです。

劉備と関羽ともう一人張飛という人がおりまして、後からお話しますが、この三人は義兄弟です。

その張飛も劉備が死ぬ少し前に死んでしまいます。張飛は関羽の復讐戦をやるということで、劉備と一緒に呉に出陣しようと勇みたっていたのですが、部下を虐待するという悪い癖がありましたので、その前に、自分に恨みを持っている部下に殺されてしまいました。めちゃめちゃに強いのですけれども、張飛というのはちょっと間が抜けている、面白いキャラクターです。そういう張飛らしい死に方をしたと言えます。

諸葛亮の情熱

劉備の死後、諸葛亮は呉の孫権と仲直りをし、同盟を結び直してそれから五回、或いは六回という数え方もありますが、軍勢を率いて出陣し、曹操の子孫の建てた魏王朝に挑戦し続けます。これを北伐《ほくばつ》と言います。諸葛亮はライバルの魏の将軍の司馬懿《しばい》に阻まれ、結局、魏の中心地に攻め込むことができないまま、五丈原《ごじょうげん》の陣中で病死します。二三四年のことです。

諸葛亮が頑張って蜀よりもはるかに強い北の超大国の魏と戦おうとしたのは、諸葛亮にも「三国志」の時代に生きた英雄の誰もが持っていた天下統一の夢があったからだと思われます。劉備と諸葛亮がつくった蜀は本当に小さい国でしたが、この小さい国を手がかりにして必死に戦えば超大国である魏を打ち負かすことができるかもしれない、諸葛亮はそんなロマンチックな夢を持っていたのです。実際、官渡の戦いでも、赤壁の戦いでも、戦力の劣る方が奇跡的な勝利を収めたのですから、小さな蜀も大きな魏に勝てるかもしれないというわけです。諸葛亮は非常に頭のいい、本当に冷静な人ですが、実はその諸葛亮にもまた曹操や劉備と同じように、乱世に生きた男の荒々しい情熱、パトスがあったと言えましょう。

諸葛亮が死んでから三十年後、蜀は魏に滅ぼされます。諸葛亮が死んだ後に愚かな劉禅をトップに戴きながら蜀がこんなに長く続いたのは、曹操の子孫の建てた魏王朝自体が段々弱くなって来たからです。結局、蜀が滅んだ二年後に魏も滅びます。諸葛亮のライバルであった司馬懿の子孫が段々と勢力を強め、とうとう孫の司馬炎《しばえん》が魏を滅ぼし西晋王朝を建てて皇帝になりました。三国のうち最後に残った呉も、やはり二八〇年に晋に滅ぼされます。こうして三国志の時代は終わって、西晋王朝がしばらくの間、中国を統一するという動きになっていきます。

正史から演義へ

いま話しましたことは、陳寿という人が書いた正史『三国志』によるものです。これは本当にあったこと、歴史的事実です。陳寿は歴史家ですから、基本的に非常に公平な立場で魏の曹操、蜀の劉備、呉の孫権のうち、誰かに贔屓《ひいき》するようなことはしないで、あったことを淡々と書いているだけです。ところが、魅力的な英雄や豪傑が次から次に登場する三国志の時代や人物があまりに面白いものですから、かなり古い時代から三国志に出てくる人物を主人公にした芝居、語り物、講釈、講談が作られて人々の大歓迎を受けるようになります。

この民間芸能に見られる三国志物語は、公平な立場で書かれた正史の『三国志』とは随分違った形になります。一番目立つのは劉備をはじめ、関羽、張飛、諸葛亮など蜀の人々に人気が集まって、彼らの活躍が中心になることです。劉備は誰よりも立派で正しい人物である。その部下で義兄弟の関羽と張飛はめちゃくちゃに強い。諸葛亮はほとんど魔法使い、魔術師と言ってもいいような知恵のかたまりとなります。このようにプラスイメージが劉備側に付け加えられたのに対し、曹操にはマイナスのイメージがかぶせられていくようになります。劉備を圧迫する曹操は敵役であり、大変な悪者、姦雄《かんゆう》すなわちずる賢い英雄になっていきます。

こういうふうに劉備を善玉に、曹操を敵役にして、善と悪との対照をはっきりさせる民間芸能のパターンというのは、今から千年近く前にもう出来上がっていたらしく、十一世紀の北宋という時代の大詩人の蘇東坡《そとうば》は、その文章の中で「町の子供がだだをこねると親はお金をやって講談を聞きにやる。講釈師が三国志の話を語って劉備が負けたというくだりにくると顔をしかめて涙を流す子供もいるし、曹操が負けたと聞くとああよかったと飛び上がって喜ぶ子供もいる」と書いています。判官贔屓というか、弱い方の蜀や劉備に人気が集中して、強い魏や曹操は敵役として町のやんちゃ坊主にまで憎まれていたことが分かります。

正史『三国志』が書かれてから千年もの長い長い時間をかけて、芝居や講談で語り伝えられてきたいろいろな三国志物語があります。それらを集め整理して生まれたのが小説の『三国志演義』です。これが完成したのは十四世紀の中頃、元末明初ですから、正史『三国志』が書かれてから千年以上経っています。作者は羅貫中という人だとされています。羅貫中は民間芸能の世界で面白おかしく伝えられてきた三国志物語を集め、物語としての面白さを十分に活かしながら、なおかつ歴史書の『三国志』と照らし合わせて余りにも出鱈目な部分を訂正して、きちんとした格調の高い文章によって堂々とした長篇小説の『三国志演義』を完成しました。

ただ、この『三国志演義』でも、蜀の劉備やその家来達が中心になっていてプラスイメージで描かれ、曹操の方が悪い敵役というマイナスのイメージを付加されることには変わりありません。

男の友情

小説の『三国志演義』がもっとも力を込めて描いたのは、劉備と義兄弟の関羽及び張飛の絶対的な信頼関係、簡単に言うと男の友情です。全部で百二十巻ある『三国志演義』の第一回は「桃園に宴《うたげ》して豪傑三《み》たり義を結び、黄巾を斬って英雄首《はじ》めて功を立つ」というタイトルがついています。この第一回で劉備、関羽、張飛――劉関張と言いますが――この三人が初めて出会った後に義兄弟の契りを結んで、以後どんなことがあっても決してお互いに裏切らないことを誓い合う場面があります。その誓い通り、劉備と関羽と張飛の三人は、それこそ死ぬまで深い信頼関係を貫きとおしていく。そういう三人の姿を『三国志演義』は、力を込めて描いています。

例えば、官渡の戦いを行う少し前のことですが、劉備が曹操に攻撃されて敗北し、自分の妻を置き去りにして逃げ出したことがありました。その時、関羽は逃げ遅れて取り残されてしまいます。関羽は劉備の奥さんを護るために心ならずも曹操に降伏します。

立派な人物が大好きな曹操は関羽を自分の家来にしたいと、次から次へと贈り物ぜめにし、ありったけの親切を関羽に尽くして何とかその心を自分の方に向かせようとします。関羽もそんなに自分を大事にしてくれる曹操に感謝はしましたが、関羽にとって一番大事な人、主君はやはり劉備でしたので、気持ちは変わらなかった。官渡の戦いの前哨戦に白馬《はくば》の戦いというのがあり、曹操軍と袁紹軍が小規模な戦いをするのですが、関羽はその白馬の戦いに出陣して曹操のために、袁紹軍の有力な武将を討ち取るという手柄をたてます。それを曹操への置土産にして、関羽は、劉備の妻を連れ黙って曹操の許を立ち去り、袁紹の許にいた劉備のところへ帰って行きました。

この時曹操はどうしても関羽の心は変えられないと悟りましたが、それでも怒ることなく、関羽の誠実さに逆に感動してもう止めようとはしなかった。関羽が曹操に降伏してやがて脱出して劉備のもとへ帰って行くというこのあたりの展開は、『三国志演義』の大きな山場になっています。どんなに曹操に親切にされても劉備一筋の気持ちを変えない関羽の姿が颯爽としていると同時に、関羽の心をついに変えられないということを悟りながらも、逆にそんな関羽の誠実さに感動して何も言わないで解放してやる曹操の姿も、ここではなかなか見事に描かれています。

先ほど『三国志演義』において曹操は悪玉、敵役として描かれていると言いましたけれども、この関羽に対する態度をはじめ、要所要所で『三国志演義』では、正史の『三国志』に書かれているような曹操の英雄性を示すような描写も織り混ぜています。曹操を悪役に仕立てると同時に、その英雄性にも目を向けているということによって、『三国志演義』はより一層複雑でスケールの大きな物語になっています。

『三国志演義』の作者と目される羅貫中自身が最も思い入れを込めて描いたのは、どうやら今お話した関羽であると思われます。この関羽の描き方をはじめとして、『三国志演義』はおおむね民間芸能の世界、講釈とか芝居で伝えられて来た様々な空想的エピソードを非常にうまく取り込んで、虚構の存在も含めて大勢の登場人物を絡み合わせ、文字通り血湧き肉躍る物語の世界を築き上げていきます。

大体、今の日本で広く読まれているのは、『三国志演義』の方です。翻訳も何種類も出ています。吉川英治の『三国志』もやはり小説の『三国志演義』をもとにしたものです。


今日は「三国志」の時代とは一体どういう時代であったのか、どういう人たちが活躍したのか、その一番骨格のところをお話しました。併せて正史『三国志』という歴史と『三国志演義』という小説、文学がどんなふうにして生まれて来たか、そしてその小説の『三国志演義』にはどんな特徴があるのかということについて、ざっとお話しました。

「三国志」というのは非常に複雑な世界ですので、お話をしても、知っている人にはああそうだそうだと非常に分かりやすく、いろんなイメージが膨らんでいくのですが、全然知らない人にとってはとっつきにくい世界かと思います。しかし正史・演義を問わず、「三国志」には、哲学も歴史も文学も、詰まっています。

面白そうだなと思われる方がありましたら、『三国志』も小説の『三国志演義』も両方とも全訳がありますので、ぜひお読みになって自分の楽しみ方というのを見つけてもらえたら嬉しいと思います。

（洛南高等学校・附属中学校『群光』一九九六年一一月二一日）

名言・名セリフでたどる『三国志演義』

［京都・洛北高等学校］

（図書館課外講座／二〇〇六年一一月）

井波です。どうぞよろしくお願いします。昨年『三国志名言集』（岩波書店、二〇〇五年）という本を上梓しました。正史の『三国志』ではなく、小説である『三国志演義』の中に出てくる故事成句、名言・名セリフをピックアップして、それを軸にして『三国志演義』をたどるという試みの本です。今日はその中からいくつか言葉を選び、その言葉を通じて『三国志演義』の世界を楽しんでいただければと思っております。

『三国志演義』は大体一四世紀の中頃の元末明初に羅貫中という人が、民間で語り継がれてきた口承・講釈を集約し、正史である『三国志』とも照合して歴史小説として集大成したものです。

1

さて、『三国志演義』は次の言葉から始まります。

分かれること久しければ必ず合し、
合すること久しければ必ず分かる。（第一回）
［原文］　分久必合、合久必分。
［訳］　（そもそも天下の大勢は）分裂が長ければ必ず統一され、統一が長ければ必ず分裂するものである。

作者である羅貫中が冒頭に、これから始まる小説世界がどのようなものであるかを示し、統一王朝であった後漢末から乱世が開幕し、様々な英雄が活躍するという時代を予告しています。その『三国志演義』の英雄の一人が劉備玄徳です。その劉備を紹介したのが次の言葉で、非常に面白い文章だと思います。

両耳　肩に垂れ、双手、膝を過ぐ。（第一回）
［原文］　両耳垂肩、双手過膝。
［訳］　両耳は肩まで垂れ、両手は膝まで届く。

イメージを浮かべていただきたいのですが、耳が長いというのは大変福運をもった人と言われておりますので、劉備が幸福をもたらす人物としてあらわされているのがわかります。

劉備はヒゲの関羽、暴れん坊の張飛と義兄弟の契りを結びます。いわゆる「桃園結義」と言われていますが、そのシーンを描いた場面が次の言葉です。この三人の信頼関係は生涯最後まで変わることはありませんでした。

同年同月同日に生まるるを求めず、
但《た》だ同年同月同日に死せんことを願う。（第一回）
［原文］　不求同年同月同日生、但願同年同月同日死。
［訳］　同年同月同日に生まれなかったのは是非もないとしても、ひたすら同年同月同日に死なんことを願う。

『三国志演義』では劉備が善玉として位置づけられていますが、その対抗馬の悪玉として位置づけられるのが曹操です。『三国志演義』では曹操を悪人として描こうとしていますが、歴史的には大変有能な人物で『三国志演義』でも曹操の良い面を描こうとしている部分もあります。その曹操を評したのが有名な次の言葉で、「乱世ではずる賢い英雄になるだろう」と評されています。

子《し》は治世の能臣、乱世の奸雄なり。（第一回）
［原文］　子治世之能臣、乱世之奸雄。

［訳］　君は治世の能臣、乱世の奸雄だ。

2

劉備は漢王朝の血筋を引くといわれますが、有為転変の後、陶謙《とうけん》という人物に見込まれて徐州（山東省から江蘇省に至る地域）の長官となります。劉備にはどこか人間的魅力があったのでしょう。

一方の曹操は血筋こそ劉備に劣りましたが、理想家と策略家の両面を併せ持つ有能な彼のもとには、多くの優秀な人材が集まってきます。その中でも卓越していたのが荀彧《じゅんいく》でした。曹操は荀彧ら有能な配下の意見もよく採り入れたために、その政権基盤は確固たるものになっていきました。

曹操は兗州《えんしゅう》（山東省南西部から河南省東部に至る地域）を根拠地としましたが、遠征中に『三国志演義』屈指の猛将・呂布が兗州に攻め込んできました。曹操は、荀彧の「〔漢の高祖・後漢の光武帝の故事を引きながら〕根拠地を死守すべし」とした諫言に従い、呂布を撃退します。

また当時の華北（黄河中・下流域）で曹操と覇を競ったのが袁紹です。袁紹は曹操よりも大きな軍事力を持っていました。曹操は荀彧の献策に従って、名目だけ存続している後漢の皇帝・献帝を迎え入れ、その後見人となることによって、袁紹より一歩ぬきんでた地位を確保します。一方の劉備は曹操に撃退されて逃げ込んできた呂布に徐州を奪われてしまいます。ここまでは劉備と曹操が直接からむ局面はありません。

しかし行き場を失った劉備が曹操のもとに逃げ込んできます。劉備を殺してしまうことを主張する者もいましたが、郭嘉《かくか》という軍師が反対します。

夫《そ》れ一人の患《うれい》を除きて、以て四海の望を阻《はば》む。
安危の機、察せざるべからず。（第一六回）
［原文］　夫除一人之患、以阻四海之望。安危之機、不可不察。
［訳］　そもそも禍の種となる一人を殺すことで、天下の人望を失っていいわけはありません。これが失敗と成功の分かれ道、どうかご明察ください。

こうして劉備は殺されずにすみました。
しかし曹操の献帝をないがしろにするような態度に憤慨した関羽が、曹操を殺そうとしました。劉備はそれを止め、理由を問いただす関羽に答えたのが有名な次の一節です。鼠は曹操を指し、器物は献帝を指しますが、邪悪な取り巻きを退治したいが、大切な主君を傷つけないか心配だという意味で、今でも中国ではよく使われることわざです。

鼠に投ずるに器を忌《い》む。（第二十回）
［原文］　投鼠忌器。

［訳］　鼠に物を投げつけたいが、そばの器物を壊すのが心配で投げられない。

このように劉備と曹操の矛盾が大きくなってきたため、劉備は曹操のもとから脱出を図ります。曹操サイドは「一日敵を縦《はな》つは、万世の患いなり」（一日、敵を自由にすれば万世にわたる禍になる）と悔やみますが、後の祭り。劉備は追っ手の許緒《きょちょ》に「将、外に在れば、君命も受けざる所在り」（大将たる者、外にあるときには、君主の命令でも承知しない場合がある）と言い放ち、徐州に戻ります（第二十一回）。この言葉は現代においても、それぞれの現場で活動する人々にはよく当てはまる言葉ではないでしょうか。

劉備の裏切りに激怒した曹操は徐州を攻撃し、耐えかねた劉備は一人で逃げ出します。城を死守していた関羽も、曹操が三つの条件をのんだため早々に帰順しました。曹操は関羽のことが大変気に入り自分の配下にしようと心を尽くしますが、関羽は劉備一筋で心を動かしません。結局劉備の居所が判明したので、早々に別れを告げて劉備のもとに戻ります。

その時に曹操が関羽を称えて言ったのが次の言葉です。「奸雄」だと言われながら曹操の良い面、敵味方を超えた関羽との人間としての信頼関係が描かれ、『三国志演義』の中でも注目される面白い場面だと思います。

主に事《つか》えて其の本を忘れず、乃《すなわ》ち天下の義士なり。（第二十五回）

［原文］　事主不忘其本、乃天下之義士也。
［訳］　主君に仕え、根本を忘れないとは、まったく天下の義士だ。

さて、劉備、曹操とともに天下の覇を競うのが江東（長江下流域）の孫氏一族です。孫堅の後を継いだ孫策が江東を制覇しますが、刺客に襲われ瀕死の重傷を負います。孫策は死ぬ間際、弟の孫権に後事を託し、こう言い残しました。

江東の衆を挙げて、機を両陣の間に決し、天下と争衡《そうこう》するが若《ごと》きは、卿《けい》、我に如《し》かず。賢を挙げて能を任じ、各おのをして力を尽くして、以て江東を保つこと、我、卿に如かず。（第二十九回）

［原文］　若挙江東之衆、決機於両陣之間、与天下争衡、卿不如我。賢挙任能、使各尽力以保江東、我不如卿。
［訳］　江東の軍勢を挙げて、戦場で伸るか反るか勝負をし、天下分け目の戦いをすることにかけては、おまえは私にかなわない。しかし、賢明な人物や有能な人材を任用し、それぞれに力を尽くさせて、江東の地を守り抜くことにかけては、私はおまえにかなわない。

この孫権、劉備、曹操があいまって、『三国志演義』のストーリーが展開していきます。

3

二〇〇年（建安五年）、「官渡の戦い」で袁紹を破った曹操は華北を制覇します。一方、曹操に敗れた後袁紹のもとに逃げていた劉備は、その袁紹も敗れたため行き場を失い、荊州（湖北省）の劉表のもとに身を寄せていました。むなしく時を過ごすこと数年、劉備はなすことなく老いていくわが身を嘆き、涙を流しながら語ります。

今久しく騎《き》せざれば、髀裏《ひり》に肉を生ず。（第三十四回）
［原文］　今久不騎、髀裏生肉。
［訳］　このところ久しく馬に乗りませんので、髀《ふともも》にまた肉がついてきました。

この故事から、実力を発揮する機会がないのを嘆く「髀肉の嘆」という成句が生まれました。その不遇の状態の時に出会ったのが諸葛亮孔明です。劉備が真心を込めて三回諸葛亮のもとを訪れ、その意気に感じて諸葛亮は劉備の軍師になったという、有名な「三顧の礼」という故事が伝わっています。

次の言葉は劉備に仕える決意をした諸葛亮が、弟の諸葛均に言い残した言葉です。

吾《わ》れ劉皇叔の三顧《さんこ》の恩を受け、
容《まさ》に出《い》でざるべからず。
汝は躬《みずか》ら此に耕し、
田畝を荒蕪《こうぶ》するを得る勿《な》からしむべし。
我れの功成る日を待ちて、
即ち当《まさ》に帰隠すべし。（第三十八回）

［原文］　吾受劉皇叔三顧之恩、不容不出。汝可躬耕於此、勿得荒蕪田畝。待我功成之日、即当帰隠。

［訳］　私は劉皇叔の三顧の恩義を受け、出馬せざるをえなくなった。おまえはみずからここで農耕に励み、くれぐれも田畑を荒れさせてはならんぞ。功業を成し遂げたあかつきには、私はきっとここに帰ってくるだろう。

諸葛亮という軍師を得た劉備は大局的な戦略を立てることができるようになりました。ただ劉備が諸葛亮をあまりに大事にしたので、以前からの義兄弟である関羽や張飛が嫉妬します。それに対して劉備が答えたのが次の言葉で、非常に親密な関係のことを「水魚《すいぎょ》の交わり」というのは、この劉備の言葉に由来しています。

吾れ孔明を得たるは、
猶《な》お魚《うお》の水を得たるがごとし。（第三十九回）
［原文］ 吾得孔明、猶魚之得水也。
［訳］ 私が孔明を得たのは、魚が水を得たようなものだ。

諸葛亮という軍師を得た劉備ですが、まもなく華北を制覇した曹操が一〇〇万の大軍を従え、荊州目指して南下します。劉備は逃げますが、長坂《ちょうはん》という所で曹操に追いつかれ激戦となり（長坂の戦い）、かろうじて生き延びます。曹操の猛攻撃にさらされた劉備に残された道は、孫権と同盟を結び曹操に抵抗することでした。

孫権の軍師である周瑜も「江東は開国自《よ》り以来、今に三世を歴《へ》たり。安《いず》くんぞ一旦《いったん》にして廃棄するに忍ばんや」（江東は開国以来、今に至るまで三代を経ているというのに、どうして一朝にして放棄することができましょうか）と説き、孫権に劉備と同盟し南下する曹操と対抗することを決意させます（第四十四回）。

二〇〇八年（建安一三年）、周瑜率いる二万の軍勢は、一〇〇万の曹操軍を「赤壁の戦い」で撃破しました。曹操は逃げる途中、退路を遮る関羽に対して命乞いをします。

大丈夫は信義を以て重しとなす。（第五十回）

［原文］　大丈夫以信義為重。
［訳］　りっぱな男は信義を重んじるもの。

この言葉を聞いた関羽は昔の誼《よしみ》で曹操を見逃してやりました。『三国志演義』屈指の名場面です。曹操の華北での覇権は、「赤壁の戦い」の敗戦によっても揺らぐことはありませんでしたが、曹操の天下統一の夢は挫折しました。「赤壁の戦い」の後、今度は劉備が蜀の地を制圧し、支配することに成功します。これで一応劉備・曹操・孫権の「三国分立」の体制が確立することになります。

4

二一五年（建安二〇年）、曹操は漢中（陝西省南西部）の張魯《ちょうろ》征伐に向かい、攻略に成功しますが、この勢いで蜀に進攻すべきだという司馬懿の進言に難色を示して発したのが次の言葉です。

人は足るを知らざるに苦しむ。既に隴《ろう》を得て、復《ま》た蜀を望まんや。（第六十七回）
［原文］　人苦不知足。既得隴、復望蜀耶。
［訳］　人は欲望に限りないことに苦しめられるものだ。隴（漢中）を獲得したのだから、これ以上、

蜀を望むことはない。

人間の欲望に限りがないことをたとえた「望蜀《ぼうしょく》」の故事を、曹操が自分の欲望に歯止めをかける意味で使っているところが面白いと思います。二一八年(建安二三年)、劉備と曹操は漢中の地をめぐって激戦し、劉備が勝利します。漢中はその後諸葛亮が北へ攻めていくときの根拠地になりますので、劉備にとっては非常に大きい戦いでした。

やがて局面は大きく動くことになります。

二一九年(建安二四年)、関羽は、劉備との同盟を破棄し曹操と手を結んだ孫権の軍に攻撃され、生け捕られてしまいました。関羽は孫権の降伏勧告に対してこう答え、降伏を断固拒否したため、首を刎ねられてしまいます。

玉は砕く可くも、其の白さを改む可からず。
竹は焚《や》く可くも、其の節を毀《こぼ》つ可からず。(第七十六回)
[原文] 玉可砕、而不可改其白。竹可焚、而不可毀其節。
[訳] 玉は砕けてもその白さを改めず、竹は焼けてもその節を壊さないものだ。

一方曹操も翌年死去し、長男曹丕が即位して魏王朝を立てます。それを追いかけるように二二一年（黄初二年）劉備も即位して蜀王朝を立てます（孫権の呉王朝は二二九年成立）。そして劉備は義兄弟関羽の仇を討つために呉に攻め込みます。皇帝の地位より、信頼で結ばれていた義兄弟の関羽の報復が大事だという劉備の気持ちは次の言葉によく現れていると思います。

弟の為に讎《あだ》を報いざれば、
万里の江山を有すと雖も、
何ぞ貴しと為すに足らん。（第八十一回）

［原文］　不為弟報讎、雖有万里江山、何足為貴。
［訳］　弟の仇討ちをしない以上、たとえ万里の江山を得ようとも、ありがたがる気にはなれない。

しかし、劉備は戦いに敗れ、失意のまま二二三年（黄初四年）白帝城（四川省奉節県）で絶命します。劉備は諸葛亮にすべての後事を託し、次のような遺言を残します。

君の才は曹丕に十倍す。
必ず能く邦《くに》を安んじ国を定め、終《つい》に大事を定めん。
若《も》し嗣子《しし》、輔《たす》く可けんば、則ち之を輔けよ。
如し其れ才ならずば、君自《みずか》ら成都の主と為る可し。（第八十五回）

［原文］　君才曹丕十倍。必能安邦定国、終定大事。若嗣子可輔、則輔之。如其不才、君可自為成都之主。

［訳］　君の才能は曹丕の十倍はあり、きっと国家を安んじ、最後には大事業を成し遂げることができよう。もし後継ぎが輔佐するに足る人物ならば、これを輔佐してやってほしい。もしも才能がないならば、君がみずから成都の主になるがよい。

5

後継ぎの劉禅が無能なら諸葛亮自身が皇帝になればよいという劉備の度量を示した遺言ですが、諸葛亮は劉備の信頼に応え誠心誠意、暗愚な劉禅を支え蜀王朝の興隆に力を尽くします。そしていよいよ二二八年（太和二年）、劉禅に「出師の表」をささげ、魏を攻略するために北伐を開始するのです。

臣亮言《もう》す。
先帝、創業未だ半ばならざるに、中道にて崩殂《ほうそ》す。
今、天下は三分して、益州は罷弊《ひへい》す。
此れ誠に危急存亡の秋《とき》也。（第九十一回）

[原文]　臣亮言、先帝創業未半、而中道崩殂。今天下三分、益州罷弊。此誠危急存亡之秋也。
[訳]　臣諸葛亮が申し上げます。先帝（劉備）が始められた事業がまだ半分にも達しないのに、中道にしておかくれになりました。今、天下は三国に分かれ、益州（蜀）は疲弊しきっています。
これはまことに危急存亡の瀬戸際です。

諸葛亮は、六回とも五回とも言われる北伐を敢行しましたが、魏の司馬懿に阻まれます。結局諸葛亮は完全な勝利を得ることができないまま、二三四年（青龍二年）秋風が吹く五丈原（陝西省南西部）の陣中で病没します。

司馬懿も諸葛亮の死去を知らずに、その幻影におびえ、軍を引くという失態を演じました。そのことを言い伝えたのが有名な次の一節です。

死せる諸葛、
能く生ける仲達《ちゅうたつ》を走らす。（第一百四回）
[原文]　死諸葛、能走生仲達。
[訳]　死んだ諸葛亮が生きている司馬懿（あざな仲達）を追い払った。

6

諸葛亮死去の後も蜀王朝は存続しますが、二六三年（景元四年）に魏に攻略され、ついに滅亡してしまいます。

魏王朝でも司馬懿とその子孫が実権を握り、孫の司馬炎が魏を滅ぼし、二六五年（泰始元年）西晋王朝が全土を統一することになるのです。

今、兵威大いに振るい、
破竹の勢いの如し。（第一百二十回）
［原文］　今兵威大振、如破竹之勢。
［訳］　今、わが軍の威力は大いにふるい、破竹の勢いさながらだ。

この言葉は西晋軍の杜預《どよ》が呉への総攻撃を主張したもので、勢いが強く押しとどめがたいことのたとえ「破竹の勢い」は、これに由来します。

多くの英雄・豪傑が天下統一の夢をみて、魏・蜀・呉の三国分立の体制を確立し、その三国がすべて滅びてしまい、西晋という別の国が成立しました。そして約一〇〇年の波乱万丈の歴史を描いた『三国志演義』は、次の末尾の句で幕を閉じるのです。

紛紛《ふんぷん》たる世事《せじ》　窮《きわ》まり尽くること無く
天数　茫茫《ぼうぼう》　逃がる可からず
鼎足三分《ていそくさんぶん》　巳に夢と成り
後人　憑弔《ひょうちょう》して空しく牢騒《ろうそう》　（第一百二十回）

［原文］　紛紛世事無窮尽　天数茫茫不可逃　鼎足三分巳成夢　後人憑弔空牢騒

［訳］　この世のことは紛紛として窮まりなく、天命はどこまでも広がって逃れられない。三国分立はすでに過去の夢となり、後人が往時をしのんで心騒がせるだけ。

（原題「故事成句でたどる楽しい中国史〜三国志編」。洛北高等学校・図書視聴覚部『課外講座論集』第17集、二〇〇七年二月）

※

中国古典の愉しき世界

［神奈川県高等学校教科研究会国語部会］

（平成十五〈二〇〇三〉年度文学研究会講演）

ご紹介どうもありがとうございました。井波律子でございます。

本日は、「中国古典の愉しき世界」ということでお話しさせていただきますが、中国文学をやっておりますので、取っ掛かりは漢文の話からになります。

私が高校生だった頃、一九五〇年代の終わりから六〇年代の初めですが、週に一時間、漢文の授業がありまして、教科書も現代国語や古文とは別になっておりました。

ところが、三、四年前に高校の国語の教科書をまとめて見る機会がありまして、ちょっとびっくりしたのですが、今は国語Ⅰとか国語Ⅱというかたちで、現国も古文も漢文もいっしょに入っていたり、あるいは古典Ⅰ、古典Ⅱというかたちで、古文と漢文がいっしょに入っていたりするケースも多いように見受けられました。

私の頃は全部別々だったのですが、今のこういう混合型の国語のテキストでは、井上靖とか池澤夏樹の文章を読んだかと思ったら、ぱっと時代がさかのぼって『枕草子』や『奥の細道』を読んで、今度はまた『論語』や『史記』という極め付きの中国古典を漢文で読むということになると、これでは先生も生徒もたいへんだなと思いました。

と言いましても、よく考えてみますと現代はボーダーレスの時代ですから、日本の近現代の文章にも、古典にも、また中国の古典、漢文にも同じような感覚で向き合って、こだわりなくジャンルを横断していくことが古典を現代に蘇らせる最良の方法なのかもしれないと思ったりもしました。

もっとも、蘇らせるためには日本の古典文法とか漢文の訓読法、返り点・送り仮名は付いていますが、そういう訓読法みたいなものをざっとマスターしていくという手続きは必要であることは言うまでもないとは思います。

身近な言葉を手掛かりに

日本文化というのはご承知のように、奈良、平安の昔から中国文化の受容と切っても切れない関係にありました。先人たちは中国から伝わってきた書籍に返り点・送り仮名を付けて、どんどん、ものすごく精力的に訓読しては消化・吸収して、それをまた巧みにアレンジしながら自らの文化を築いてきました。だから結局、中国文化ひいては漢文というのは、日本人にとって長らくトレンディーな対象であり続けたわけです。

ところが、明治以降に西洋文化の波がどっと押し寄せてきますと、中国文化に対する関心は急速に薄れて、トレンディーどころか遅れたもの、古いもののような、そういうふうに見られて関心も急速に薄れて、現在に至るまで漢文を読んでいく力というか、読解能力も減退の一途をたどるようになりました。

でも、漢文とか漢語というのは、日本の現代社会においても決して死に絶えたわけではなくて、今でもごく日常的に使う言葉、たとえばものすごくわかりやすい例では「矛盾」とか「四面楚歌」などなど、中国の古典に由来するものがたいへん多い。

言うまでもなく「矛盾」というのは、戦国時代の法家思想家の韓非子《かんぴし》の著作に見える故事でして、盾と矛を売る男がいて、この盾はどんな武器でも突き通せない、この矛はどんな盾でも突き通すとができると自慢した。するとある人に、「子《し》の矛を以て子の盾を陥《とお》さば何如《いかん》」、君の矛で君の盾を突いたらどうなるのかね、と言われて絶句してしまったというものです。

「四面楚歌」の典拠というのは、これまた言うまでもなく、これは高校の漢文の教科書で私も習いましたが、『史記』「項羽本紀」にありまして、秦末の動乱の中で項羽が漢の高祖の劉邦《りゅうほう》と覇権を争いますが、だんだん劣勢になって追いつめられて垓下《がいか》の砦に立てこもるわけです。そのとき、びっしり砦の四方を包囲した劉邦の軍勢、敵軍のなかから、いっせいに項羽の出身地、楚の歌をうたう声が聞こえてきて、項羽は「漢、皆已《すで》に楚を得たるか。是れ何ぞ楚人の多きや」、劉邦はすでに、わしの故郷の楚を占領してしまったのか。なんと楚の人々の多いことよと仰天して、自らの敗北を悟った。みなさんご存じの有名な話です。

こんなふうに「矛盾」とか「四面楚歌」とかいった言葉の典拠を探って、その出典である『韓非子』とか『史記』の原文にふれたときに、ふだん何気なく使っている言葉に含まれている歴史的イメージと言いますか、それがいきいきと立ちあがってくる。

現在の漢文の教科書あるいは漢文を取りあげた教科書には、身近な言葉を手掛かりに、漢文とか中国文学の世界に入っていくという仕掛けが凝らされたものが多いように見受けられます。自分のよく知っている、生徒さんなんかが耳でどこかで聞いたことがあるようなものを手掛かりに、漢文というか中国文学にふれるというのは非常に適切な方法だと思われます。

丸ごと暗記がじつは近道

一口に漢文と言いましても、これも先ほどお話が出ましたが、詩、散文、小説の文学、それから、いま『史記』の例を引きましたが、歴史もありますし、哲学思想もあるなど、ものすごく多様なジャンルが含まれています。ただ、高校の漢文のテキストにとられる文章というのは、本当にそれぞれのジャンルの極め付きと言いますか、傑作中の傑作、折紙付きの作品が紹介されているわけですから、取っ付きというか、見たところ難しそうだけれども、訓読法さえつかんだらおもしろいスリリングな言語体験が味わえます。

たとえば文学ジャンルのうち、詩では、現在の国語の教科書にどんな漢文の教材がとられているかという一覧表をいただいて、それをざっと拝見したところでは、中国のいちばん古い詩集である『詩経』からはじまって、六朝の詩は日本でたいへん馴染みの深い『文選《もんぜん》』からとられたものが多いようです。それから李白とか杜甫を中心とする唐詩の名作などがそろっていますので、漢詩のエッセンスを端的に味わうことができるでしょう。

こういった詩は、私も高校生のときに全部暗記しておけばよかったなと思うことがあるのですが、非常に極め付きの名詩ばかりですから、本当は一語一語の意味を詮索するよりも繰り返し音読して、とくに若い人は記憶力もよろしいので一篇の詩を丸ごと暗記してしまうほうが、実はその詩を全体的に理解する早道だと思われます。暗記していたものというのは、ずいぶん時間がたっても、記憶力がだいぶ私なんか鈍っていますが、ぱっとひらめいて思い出す。さらさらと、最初が出ればあとが出るみたいな格好です。だから、繰り返し音読して一篇の詩を暗記してしまうほうがいいと思います。

これは余談ですが、私は幸田露伴の作品とかをけっこう読むのですが、黙読しているとわからなくなることがあります。そうすると声を出して読むと一種のリズムがありますので、黙読しているだけではどうもわからないようなところが、完全にわかったと言えるかどうかはわかりませんが、リズムが体に入ってたいへん具合が良く、明治の文学でも音読が効果的なのかなと思ったりします。声に出して読むというのはすごくいいことです。

たとえば中国文学の始まりということもありまして、『詩経』は漢文のテキストによく出てきます。これはもともとは儒家の聖典である「四書五経」の「五経」の一つに数えられまして、詩集なんですが、何となくおごそかなイメージ、固いイメージがつきまといますが、しかし高校漢文にとられていますのは『詩経』の中でも古代中国の各地方の民謡であります、くにぶりの歌、「国風」の部分の作品でありまして、もともと中国古代のポピュラーソングみたいなものですので、恋歌もありますし失恋の歌もありますし、堅苦しいことはぜんぜんありません。

いただいた漢文教材の一覧表に「狡童《こうどう》」という詩があります。狡童とは色男という意味です。狡童の狡は狡猾の狡ですが、要するにハンサムな男性という作品があります。その第一章は、「彼の狡童は我れと言わず」と、女性の立場でうたっているんですね。「まことに子《きみ》の故に我れをして餐《さん》する能わざらしむ」。ものすごく砕いて訳せば、あの色男は私と口をきいてくれない、本当にあんたのせいでご飯ものどを通らないわ、という歌なんです。「餐する能わざらしむ」とかいうと、なんか固そうに聞こえます。まさしくこれは心変わりをした男性に向かって女性が怨みを込めてうたいかけているという歌なのです。失恋の歌ですが、恋をテーマとする古代のポピュラーソングですので、歌の内容はストレートに現代人にも伝わるわけです。ですから、この詩を歌うように訓読して暗唱すれば、まずもって漢詩を学ぶというような、しかつめらしい気分はきれいさっぱり消えてなくなると思います。

こういうふうに古代のポピュラーソングの『詩経』を手始めに、中国古典詩の金字塔とも言うべき唐詩まで、いい詩、名詩を一首一首覚えていくと、難解そうな漢詩の世界もおそらく生徒さんにとってもぐっと身近なものになるのではないでしょうか。

詩は短いから全部覚えなくても一節だけ覚えるとかできますが、散文とか小説、それからまた歴史ジャンルの文章というのは長いということもありまして、なかなか丸ごと暗記するというわけにはいきません。ただ、漢文のテキストにはこれらのジャンルにおいても極め付きの名文が選ばれていますので、さっきあげました「矛盾」とか「四面楚歌」みたいな、現在でもよく知られている言葉の典拠になるものもたくさんあります。漢文訓読というのはリズムがあります。ちょっと荘重な感じにはなりますが、読んでいるだけで快感を覚えるようなリズムがありますので、やはり声に出して読むというのはすごくいいと思います。

書き言葉「文言」と話し言葉「白話」

散文とか小説の分野では、東晋の陶淵明の「桃花源の記」とか、これは私も高校のときに習いましたが、中唐の柳宗元の「蛇を捕うる者の説」とか、どの漢文のテキストでもおなじみの定番です。こういう折紙付きの定番に加えまして、最近の漢文のテキストはなかなか工夫が凝らされていて、魏晋の名士のエピソード集『世説新語』が入っているものもあります。私の初めて書いた小さい本はこの『世説新語』をテーマにしたものですが、エピソード集で話の一つ一つが非常に短い。魏晋の名士は、「三国志」の曹操の時代、曹操のブレーンだった人々の子孫です。彼らはだんだん貴族化しまして、魏晋の時代に貴族社会を形成するのです。この魏晋の名士のエピソード集である『世説新語』をけっこうとっているテキストがあって、私は非常に感心しました。

『世説新語』はいちおう古代の小説ということになっていますが、東晋の干宝《かんぽう》が著しました怪異短篇小説を集めた『捜神記《そうじんき》』も、なかなかおもしろい素材です。それからご存じの清代、ずっと時代が遅れますが、蒲松齢《ほしょうれい》の著しました『聊斎志異《りょうさいしい》』をとっているテキストもあります。これも怪異小説集です。今あげた小説はすべて短篇で、文言《ぶんげん》で書かれています。文言じゃないと訓読はできません。文言というのは書き言葉です。こういう『世説新語』とか『捜神記』、古いものも全部書き言葉で、普通の散文よりはちょっと難しいですが、文言で書かれた小説はいちおう訓読ができます。昔の日本人はみんなそうして訓読して読んでいたわけです。

だから、そういう短篇小説の傑作がとられるなど、これは私の高校のときなんかはぜんぜんなかったことですが、今は非常に工夫が凝らされていますので、こんなふうにして中国文学の多様なおもしろさにふれると、漢文の勉強もずいぶん楽しくなるだろうと思われました。

歴史ジャンルの文章も『史記』とか『十八史略』、これも高校漢文の定番です。近頃は、さっきこれもお話ししましたが、「三国志」なんかも選ばれるケースが増えているようでして、「三国志」はご承知のように、歴史のほうの三国志を『正史三国志』というふうに言いますが、その『正史三国志』はたくさんとられています。もちろん歴史書で、文言で書かれていますから訓読できます。

また、テキストの一覧で見つけたのですが、歴史のほうの『正史三国志』と、私も翻訳しました小説のほうの『三国志演義』をいっしょに掲載しているテキストもあります。小説のほうは白話《はくわ》つまり話し言葉で書かれていますが、『正史三国志』とか『資治通鑑《しじつがん》』とかを照合しながら整理されていますので、同じ白話と言っても『金瓶梅《きんぺいばい》』や『紅楼夢《こうろうむ》』に比べますと限りなく文言に近いものです。ただ、会話の部分は訓読しにくい本当の話し言葉になっていますけれども、この歴史と小説の「三国志」の両方を掲載しているというテキストもあるようで、大変感心しました。

こんなふうにすると、中国における歴史と小説の違い、同じ人物が登場しても扱われ方がどう違うかということもわかって、おもしろいと思いました。ちなみに中国は、日本に比べて長篇小説が誕生したのは数百年も遅れています。短篇のほうは非常に古くからありますが。

いま申しましたように、中国の古典小説の場合は書き言葉の文言で書かれたものと、話し言葉の白話で書かれたものとがあるのですが、よく知られた長篇小説『三国志演義』『西遊記』『水滸伝』『金瓶梅』『紅楼夢』などはすべて白話です。だから、これは日本風に訓読するのはとても難しいです。

ただ、昔の日本の江戸の人などは難しい白話の文章もすべて訓読したようです。十七世紀初めの明代に「三言《さんげん》」という白話短篇小説集があります。これはあとでお話ししますが、これなんかは岡《おか》白駒《はっく》という日本の江戸の人が、普通だととても読めそうにない白話に全部、返り点・送り仮名を付けて読んでいます。

たとえば中国語で「来た」というと、「来た」も「来る」も文言だと「来」だけなんですが、白話になると「来了《ライラ》」、「来ました」と完了形の「了《ラ》」が付くようになります。岡白駒《おかはっく》は、この「了」を「来了せたり《おお》」というふうに読むんです。そういうテキストもあります。今でも『人民日報』でも訓読する人がいるくらいですから、やろうと思えばできないことはないでしょう。とりわけ『三国志演義』は、会話の部分を除けば、文言に近いから訓読できると思います。

詩とか文とか小説とか歴史のほかには、思想・哲学のジャンルに属する作品も漢文のテキストにはたくさん採録されております。このジャンルでの軸になるのは、今も昔の儒家思想の原点というべき『論語』の文章です。『論語』というと一見いかにも古色蒼然とした感じがしますが、本当は決してそういうものではありません。私自身、高校の漢文の教科書で初めて『論語』の言葉を知りまして、非常に感心した記憶もあります。

たとえば、「学びて思わざれば則ち罔く《くら》、思いて学ばざれば則ち殆し《あやう》」とか、孔子のやんちゃなお弟子の子路という人に呼びかけて、「由《ゆう》や、汝に之を誨《おし》えんか。之を知るを之を知ると為し、知らざるを知らずと為せ。是れ知る也」。なんだか禅問答みたいですが、これなんかすごくおもしろいなと思って、今でも鮮明に記憶に焼き付いています。

素読について

私の世代は中国文学をやるといっても、小さいときから漢文を読んでいる人なんかはほとんどいない世代です。私の先生の小川環樹《たまき》先生はおじいさんに素読《そどく》を習った。あの先生が明治の終わりくらいのお生まれですから、その後、素読経験のある人なんかほとんどないでしょう。だから私も初めて漢文にふれたのは高校漢文なんです。

もう一人の私の先生であります吉川幸次郎先生は、ご自分は素読を習った経験はないとおっしゃっていましたが、子供さんが吉川忠夫さんとおっしゃいまして東洋史の研究者なんですが、小さいときに素読を教えようとしたけれど、照れくさくて教えられなくてやめたとかいうお話も伺ったことがあります。本当はとてもいい方法であり、意味もわからない五つ六つの頃から、ピアノを習うのといっしょで一種の身体運動だと思います。だから、意味がわからずに覚えるとかいうのはいいと思います。

たとえば百人一首などは、どなたも小さい頃からやっておられると思います。先日、日文研で百人一首のシンポジウムがありまして、私も出ました。私も百人一首は小さいときからよくやったのですが、これも意味がわからないのが多い。知らないで歌だけ知っている。ずっと食べ物の歌だと思っていたのが実は恋の歌だったと知ってびっくり仰天したりしました。子供の頃は意味はわからないけれど、ひたすら覚えてる。そういうのは本当は大切なんですが、今は漢文素読などはありえず、高校漢文に初めてふれて、おもしろいと思う人が少しでも増えればいいなと思います。

中島敦が『弟子《ていし》』という小説でとても鮮やかに書いていますが、『論語』というのは、孔子とそのお弟子さんたちが自由に会話をかわすなかから、原始儒家思想が会話のなかで形づくられていく。そういう雰囲気をあらわす対話と言いますか、ドキュメンタリーを記したものです。そういう雰囲気を意識しながら『論語』の言葉を音読すると、古色蒼然どころか、非常にいきいきと孔子の精神を現在形で受け止めることができるのではないでしょうか。

こういうふうに、漢文のテキストにはいろいろなジャンルの作品が網羅されています。それをたっぷり読む時間はないかもしれませんが、対象となるいろいろな作品のスタイルに応じて読み方を少しずつ変えていくと、おもしろさも発見しやすくなるんじゃないかと思います。だから詩とか『論語』の文章は、はじめに言葉ありきですから、ひたすら音読する。文学的散文とか小説とか歴史の文章は、内容に重点を置く。いずれにしても、明治以前の日本人がそうしてきたみたいに声をあげて音読して、漢文・漢詩のリズムを身体的にとらえる。それが漢文の世界に馴染み、その魅力を現代に蘇らせる最大のポイントではないかと、私には思えてならないのです。

中国では小説のランクが低かった

以上を前置きとしまして、これから本日の演題「中国古典の愉しき世界」のほうに入ります。

今お話ししましたように、現在は漢文の教科書にも中国の古典小説がしばしば取りあげられるようにはなっていますが、実は中国では近代に至るまでずっと文学ジャンルのうちでトップを占めてきましたのは、詩であり散文です。散文は虚構の作品ではない文章です。これに対して、小説は文言であれ白話であれ、虚構を施した作品、フィクションです。中国ではこの小説のランクが非常に低かった。日本はそんなことないと思いますが。平安時代から『源氏物語』とかそういう小説も女性たちが書き手であった場合が多いですが、中国の古典小説は不思議なことに、女性の書き手はいません。現代はいますが、伝統中国にはいない。

それはなぜかと言いますと、やはり中国で小説のランクが低いということと関係があると思います。女流詩人はけっこう古い時代からいます。李清照《りせいしょう》というたいへん有名な宋代の女流詩人もいますが、小説をものしようとするような女性はぜんぜんいないんです。それはランクの高い詩とか散文に女性がアタックするということはありえても、男性ですら軽視する対象であった娯楽的要素のつよい小説に、わざわざ女性がアタックするということはありえない。非常に優れた女性たちが社会的に活動もできないし、政治的に活動もできない。何かを輝かせようとしたら文才を輝かせるしかない。とすれば、詩文のほうに行き、ランクが低くてみんなが読み捨てるような小説には挑戦しなかったということではないかと、私は思っております。

ただ、そういうふうに小説はランクは低いですが、やはり読んでおもしろいし、興味をそそられます。今は日本の高校生でも中学生でも『三国志演義』までは翻訳で読みます。ただ、知らないというか、『水滸伝』を読む子は少しはいるかもしれませんが、ほかの作品には目がゆかない。『金瓶梅』はポルノグラフィックなところがありますので、ちょっと高校生には無理かもしれないけれど、『紅楼夢』などはたいへんすばらしい恋愛小説なのに注目されない。『演義』だけ読むのではなく、もう少し広がってもいいのではないかと思います。

もっとも教材としては白話は不向きで、訓読しにくい。生の形で教材にするのはとても難しいと思いますが、中国古典というのはおもしろい、楽しいということをアピールするときには、やはり小説のおもしろさ、小説のジャンルというのは外せないのではないか。だから、おもしろいエッセンスをぱっと紹介するというかたちで、『三国志演義』以外の中国古典小説のおもしろさも少しアピールしていただくといいかなと思います。別に漢文で読まなくても、小説として物語としておもしろく読むことはできるのですから。

唐代伝奇小説のヒロイン像

そのうえで、ちょっと趣向を変えてと言いますか、中国古典小説のさまざまなヒロイン像について、お話ししたい。どんなヒロインが活躍するのか、どんなヒロインが描かれるのかというお話を通じて、唐代伝奇小説、これは文言で書かれたものですが、その唐代伝奇から白話で書かれた『紅楼夢』まで、中国古典小説の流れをたどってみます。一時間足らずなので駆け足のお話になりますが……。

唐代伝奇は短篇で、文言で書かれました。中国で、作者自身が〈これは虚構の作品である〉と意識した、文字通りの小説が書かれるようになったのは、唐代になってからです。八世紀中頃の中唐ぐらいから本格的に、唐代伝奇というかたちで一群の短篇小説が現れます。

先ほどご紹介しました『捜神記』のように、六朝にも六朝志怪と呼ばれる短篇小説群、怪異小説群がありますが、作者には小説を作っている、フィクションを語っているという意識はなくて、非常に珍しい話、不思議な事実を書きとめておく。そういう意識で著されたものであり、〈記録者の意識〉というべきでしょう。

唐代伝奇になりますと、やはり元あった話をふくらませたりしまして、非常にシュールな怪異譚もあれば、恋愛とか復讐の話とか、現実社会における不思議で奇抜なお話を伝えるというふうになってゆきます。本当に奇抜なお話を作って人々に伝える。そういう意識で著されています。ちなみに、もともと「伝奇」の「奇」というのは、奇抜で不思議な出来事を指すのです。

多彩な唐代伝奇小説にはこれまた多彩なヒロインが登場します。じつは、こうしたさまざまなヒロイン像には、深いところでつながる共通性・特色があります。その特色について、ちょっとご紹介しましょう。

高校のテキストにも出ていたかもしれませんが、「離魂記《りこんき》」という小説があります。ご存じだと思いますが非常に有名な話です。ヒロインの名前は張倩娘《ちょうせんじょう》。彼女は従兄の王宙《おうちゅう》という青年と相思相愛の仲になるのですが、倩娘に親の勧める縁談が持ちあがったために、男のほうは彼女との恋をあきらめて遠くへ旅立とうとします。すると倩娘は家出をして王宙を追いかけて、二人は駆け落ちをすることになる。蜀（四川省）のほうに行って五年間駆け落ちして暮らす。そして息子を二人もうけるに至る。そんなときに倩娘が、長いことお父さん、お母さんに会っていないので会いたい、両親に会いに行きたいと言い出して、夫が彼女を連れて帰る。

到着すると意外な事実が判明します。倩娘は実は親の家にそのままいて、五年間病床に伏していると親は言う。そんな不思議なことはないと夫のほうは思うわけです。自分といっしょに暮らして子供までできているのに、彼女は寝たままだというわけですから。そういうふうにすったもんだしているうちに、親の家で寝ていた倩娘がすっと立ちあがって、駆け落ちをしていた倩娘、それは魂だけだったんですが、その魂とぱっと合体する。肉体から魂が離れていたという、そういう話です。

五年の間、よそで王宙と暮らしていたのは、肉体から遊離した彼女の魂だった。魂が二人の子供まで産むというのは変だといえば変で、肉体もないのに子供だけできるというのは変なんですが、恋する少女の一念が非常に不思議な怪異現象を起こす顚末を描いている。これはたいへん有名な話でして、後にモンゴル族の元王朝のときに元曲という芝居が非常にさかんになりますが、この元曲に「離魂記」を素材にした有名な「倩女離魂《せんじょりこん》」という芝居があります。

ここに描かれているヒロインの倩娘というのは、ものすごくいじらしい少女。一所懸命、恋人のあとを追いかける少女のいじらしさがあふれています。そういういじらしい少女というのが、唐代伝奇「離魂記」に描かれたヒロイン像の特色と言えます。

それから、これも漢文の教科書に出ているようですが、「任氏伝《じんしでん》」というキツネのお化けというか、キツネの妖怪の話があります。

だいたい中国の古典小説は、出会い頭にぱっとぶつかってすぐ恋に落ちるというお話が多い。この「任氏伝」でも、鄭六《ていろく》という男が町で白衣の美女――それが任氏ですが――と出会って、二人はたちまち恋に落ちる。一夜を共にするんだけれど、それで別れ別れになった。彼女の家だといって連れて行かれたところはキツネのお化けが巣くう荒れ地だというふうに人から聞かされて、鄭六はびっくりするけれども、それでも任氏というキツネの妖怪を忘れられずにいたところ、また何日かしたあとに彼女と出会う。キツネの化身であるということを知っていながら、それでもあなたを忘れられないというふうに鄭六が言うわけです。そうすると任氏も、自分をキツネの妖怪だと知りながらそんなに言ってくれるということで感激してというか、真情にうたれて結婚を承諾するんです。

任氏というキツネの妖怪は超能力の持ち主なので、鄭六は彼女のおかげで大もうけをしたり、役人になったりするんですが、けっきょく結末は悲劇的で、任氏がキツネのお化けだということを犬が敏感に見分けて、あるとき犬にかみ殺されてしまう。そういう悲劇に終わるのですが、ここには異類婚——人間以外のものとの結婚——の夢みたいなのがすごく鮮やかに描き出されています。任氏は妖怪なんだけれども、恋人の鄭六との関係ではぜんぜん化け物じみた恐ろしいところはない。一所懸命、鄭六という夫というか、恋人のために尽くすわけです。そういういじらしさというのは、さっきの肉体から魂が抜け出て恋人を追いかけた張倩娘とも共通するものです。

このほかには例をあげませんが、親の敵討ちをしたり、悪人をやっつける、戦うヒロイン像、戦闘美少女みたいなのも出てきます。そうした非常に健気でさっそうとしたヒロイン像を描いた傑作がたくさんあります。

プラス・イメージで描かれる

今ちょっと簡単にご紹介しましたように、唐代伝奇の物語世界に登場するヒロインというのは、要するにいじらしかったり健気だったり、あらわれ方こそいろいろですが、いずれも悪い女なんかほとんど出てこなくて、プラス・イメージのもとに描かれています。怖い女とか悪い女とかいうようなマイナス・イメージを帯びたヒロインというのはほとんど出てきません。

唐代伝奇のジャンルが確立されたのは、先ほど申しましたが八世紀後半、中唐以降です。もともと唐の政治システムと言いますか、政治は、科挙中心みたいに見えますが、官吏登用試験の科挙が本格的に機能して、高級官僚がすべて科挙で選ばれるようになるのは、この唐代の次の宋に入ってからです。唐代は科挙の合格者の進士《しんし》と、六朝以来の門閥貴族の両方が官僚社会を構成していました。流れとしては門閥貴族から進士層へと政治システムの中心が移っていく時代です。だんだん科挙に合格した進士が政治システムの中心になってくると、既得権を侵害された門閥貴族がものすごく反発するのです。貴族派と進士派つまり科挙合格者というのがものすごい党派抗争をやりまして、中唐以降は派閥争いが激化して、ただでさえ唐王朝はだんだん下り坂になっていたのですが、それでガタガタになってしまいます。

それはさておき、この唐代伝奇の作者というのは、ほとんどこの両派のうちの進士派、科挙派のほうなんです。なぜ伝奇を書く人に進士派、科挙派が多いかについて、中国の程千帆《ていせんはん》（一九一三～二〇〇〇）という人がおもしろい説を立てています（『唐代進士行巻と文学』）。

科挙というのは、宋以降になりますと、ぜんぜんコネが効かないようなかたちになり、地方試験と中央試験を何段階もクリアしないと最終的に進士になれなくなりますが、唐代ではまだそれが制度的に完備していない。そうすると、科挙の中央試験の受験資格を得るためにコネを利用する。有力者、有力政治家のところに自分の顔を売る。名刺を持っていて、私はこうこういう者ですが、よろしくというようなことをやる。運動するんです。就職運動です。

そのとき、はじめは自分の書いた詩とか文章、散文を持って有力者を訪問しました。それを「行《こう》巻《かん》」といいます。自分の作品を持って能力をアピールするということをやったのですが、それで文才を認められると有力者が推薦してくれて、合格の可能性が高くなる。そうすると有力者は、いろいろな科挙受験者から山ほど詩文を受け取るわけで、うんざりしてしまう。そのときにおもしろい短篇小説を書いて、あいさつ代わりの行巻のときにそれを差し出す。そうすると有力者がおもしろい作品だと目を通してくれる。読んで楽しい伝奇小説がそれでだんだんはやっていったという説です。

なぜ唐代伝奇に科挙派、進士派の作家が多いかという、その外的条件みたいなものを明らかにする説で、たいへんおもしろいと思いますが、逆にこういうふうに進士派の人が作品を作るということになると、やはり一種の限界みたいなものが出てきます。つまり、唐代伝奇の大方のヒロイン像は、知識人的、士大夫的な価値観から逸脱せず、いじらしく、また健気なプラス・イメージで覆い尽くされている。そうした期待される女性像であるというのも、もしかしたらこのあたりに原因があるのではないかと思われます。

あまり詳しくお話しできないのですが、唐代伝奇は文言、書き言葉で書かれていて、こういう文言で書かれた短篇小説というのは、宋以降も「筆記」というジャンルで士大夫知識人がずっと受けついでゆきます。これは恐ろしく膨大な量にのぼります。拙著『中国ミステリー探訪』（NHK出版、二〇〇三年）も、清代の筆記に見えるエッセイ、随筆、小説のなかに、ミステリータッチのものが数多くありますので、そこからだいぶ素材を選びました。

怒りを凝縮した怖い女の登場

こうした文言小説と並行して、北宋以降は民衆芸能の世界で語り物が非常にさかんになりまして、講釈師が語る語り物のテキスト、「話本《わほん》」と言いますが、それが出回るようになります。

知識人が書く筆記は文言、書き言葉です。話本のほうはもともと講釈師のテキストで、講釈師は話し言葉でしゃべるわけですから、これは白話なんです。日常の話し言葉である白話。これはちょっと簡単な小屋掛けしたようなところで講釈師が語るもので、内容も恋愛物あり犯罪物あり、武勇伝もあれば歴史物もあるというわけで、ものすごくいろいろなメニューがあったのです。その後、中国小説史の主流になったのは、この語り物から出た白話小説のほうです。

長篇では『三国志演義』とか『水滸伝』とか『西遊記』とか『金瓶梅』、短篇では「三言」など。「三言」は十七世紀初め、明末に編纂されています。これらはすべて白話で書かれました。

「三言」には、もともと北宋ぐらいから講釈師が語った話本のテキストをちょっと書き替えて収録したものと、擬話本《ぎわほん》と言いまして、その語り口をまねした作品と両方入っています。この中には有名な「白蛇伝」白娘子《はくじょうし》の物語もあります。上田秋成の「蛇性の婬」はこれを翻案したもの。「三言」に入っている白娘子の物語は白蛇の妖怪を主人公にしています。

これなどは、さきほどご紹介した唐代伝奇の「任氏伝」に描かれた健気でいじらしいヒロイン像とはたいへん違います。ご承知のように白蛇の化身である白娘子は、薬屋の番頭の許宣《きょせん》に恋をします。しかし一所懸命、許宣に尽くせば尽くすほど、泥棒をしたとかいうふうに、許宣に犯罪者の汚名を着せることになります。許宣は白娘子の美貌に魅せられて逃げ切れずにいたけれど、やがて彼女が白蛇の妖怪だと知ったとたんに、震えあがって心変わりをする。そうすると白娘子は絶望して、今度は祟る妖怪の様相をあらわにして、気弱な許宣を脅す。結局、法海《ほうかい》禅師というお坊さんの法力に打ち負かされて、雷峰塔《らいほうとう》の下に封じ込められてしまうわけです。

先ほどの唐代伝奇の「任氏伝」だと、いじらしい妖怪と人間が仲むつまじく共生していく。共に生きるというありさまを——最後は悲劇に終わるとはいえ——描いています。ところが、この白娘子の物語になりますと、白娘子が白蛇のお化けだとわかった瞬間に、人間の恋人である許宣は心変わりをする。それを知って白娘子は怒って祟る妖怪になって、何もかも破壊し尽くそうとする。だから妖怪と人間が共に生きるというような、そういう穏やかな牧歌的な要素はまったくなくなるわけです。

「三言」には妖怪とか幽霊とか、この世ならぬ存在がいっぱい出てきます。非常に怖いヒロイン像、つまり執拗に恋人に取りつく妖怪とか、逃げる男を徹底的に追いかける怖い女の幽霊とか、そういう女の怖さを凝縮したような存在をヒロインにする物語が多いのです。

たとえば幽霊のテーマは、先ほどご紹介しました六朝志怪にいくらでも出てきますが、「三言」に登場するような祟る幽霊というか、怖い幽霊は見あたりません。宋代以降の話本小説に登場する幽霊が、人間に祟る怖い存在として描かれるようになるのです。

例を出すと、「碾玉観音《てんぎょくかんのん》」という有名な話があります。ごくかいつまんでお話ししますと、これも宋代の語り物の世界で非常に有名だった話です。ヒロインは秀秀《しゅうしゅう》という、さるお屋敷の小間使いです。相手の男性は崔寧《さいねい》。崔寧というのは話本小説にしょっちゅう出てくる男性の名前です。

ここに出てくる崔寧は玉細工師です。秀秀の勤めるお屋敷でご主人が非常に高価な玉を手に入れたので、崔寧に命じて、その玉で観音像を作らせ、それを皇帝に献上することになります。これがきっかけで崔寧と小間使いの秀秀が知り合う。主人もいつか結婚させてやるというようなことを言うので、若い二人はものすごく意識し合います。小間使いといっても奴隷同然で、親は彼女の身代金みたいなものを受け取ってその家にご奉公に上がらせているから、彼女の生殺与奪の権を握っているのはお屋敷の主人です。だからなかなかそんなにすんなりとはいかない。年季奉公で十年とかの年季が明けないと勝手に動くこともできないのです。

結婚させてやるといってもなかなか進展しないでいたときに、たまたまお屋敷が大火事になって、秀秀はそのとき逃げます。年季奉公だから逃げたらだめなんだけれど、どさくさに紛れて金銀財宝を持ち出して崔寧のもとに転がり込む。

崔寧は小心者の青年だけれども、どこかへ駆け落ちしようという秀秀の熱意に押されて、秀秀はご主人の金銀財宝も持っているわけですから、それを持って二人で逃げるんです。逃げて違う土地へ行って玉細工屋を開いた。

ところが主人の家来に見つかってしまって、二人は主家、主人の家に連れ戻される。そこでいったん別れ別れになって、秀秀は折檻を受けることになる。崔寧は、他家の小間使いを連れて、しかもそのご主人の家の金銀財宝を彼女が持って出るのを知っていながら、いっしょに逃げたというわけで、犯罪者になって所払いになります。

ところが崔寧が所払いになって旅立つ途中、また秀秀が追いかけてきて、いまご主人に叱られたけれども、もう許されたからいっしょに行きましょうと言って、所払いの先である南京に行き、そこでまた玉細工屋をする。

すると崔寧のほうに運が向いてきます。皇帝に差し出した碾玉観音が壊れ、それを直せるのは作った彼だけだというので、皇帝からお呼びがかかり、それを修繕して、腕がいいということで宮中御用達になる。罪も許されて、もといた土地の杭州に戻って行く。

そこでまた玉細工屋をやるんだけれど、そこで非常に衝撃的な事実を崔寧は知らされる。秀秀は実は一回目に見つかったときに折檻され、すでに殺されていたというのです。彼とずっといっしょに暮らしていたのは、秀秀の幽霊だったのです。人間だと思っていたのが実は幽霊だった。そういう怖さです。実は、秀秀のお父さん、お母さんもいっしょに来て住んでいたんですが、それも本当は幽霊だった。

それがわかって崔寧は震えあがるんですが、逃げようとするとまた秀秀の幽霊が出てきて、もういっしょに暮らせないのならあんたを殺すしかないというわけで、いっしょにあの世へ行こうと言って崔寧につかみかかり、崔寧を殺してしまうのです。これは恋の執念に取りつかれた秀秀という少女が、恋しい崔寧をあの世の果てまで引きずっていったという話なのです。

盛り場のカーニバル的な雰囲気が母胎に

先ほどお話しした唐代伝奇のヒロイン像の場合は、肉体から抜け出た魂の化身であれ妖怪であれ、何かいじらしさや健気なところがあって、期待される女性像としてのプラス・イメージが付与されていました。これに対して、民間芸能の講釈の世界を基にして、そこからできあがってきた白話の話本小説には、さっきの「白蛇伝」の白娘子のように、恋する相手に徹底的に執着し、ものすごくいじらしく、健気なんだけれども、それが極限まで行って怨念に逆転するヒロイン像が描かれます。不実な男が逃げようとすると荒れ狂い、妖怪とか幽霊になる、こうしたマイナス・イメージを帯びた怖い女性が登場します。ものすごく破壊的な存在を取りあげるわけです。

なぜこういうふうになるか。先ほどの唐代伝奇のほうは知識人的価値観をあらわしているのですが、こちらの話本小説の講釈を基にした作品のほうは、もともと盛り場のカーニバル的な雰囲気の中で憂さ晴らしと刺激を求める人々を相手にする講談を母胎にしていることと深くかかわっていると思います。

やはり講談から生まれた『水滸伝』の物語世界は百八人の豪傑が梁山泊に集います。彼らは何らかの理由で社会に身の置きどころがなくなった人々であり、それが梁山泊に集まって悪徳官僚をこてんぱんにやっつける。『水滸伝』はそういう顚末を描いた物語であり、社会的に疎外された人間の反乱を描いた物語です。それを講釈師が鳴物入りで語ると、聴衆は胸がすっとしてやんやの喝采を送った。

「三言」の話本小説の白娘子とか、秀秀の幽霊のような場合、もともと儒家思想では男女をものすごく厳格に差別するわけですけれど、そのもともと疎外されたマイナス符号を帯びている女性という存在が、さらに人間ではない幽霊とか妖怪とかになって闇の力をふるい、彼女たちをこの世の外へ押し出そうとする力と徹底的に戦う姿をあらわしています。だから、彼女たちは現実秩序に対する破壊的な攻撃性を体現する存在だったわけで、『水滸伝』の豪傑たちと相通じるところがあると言えます。

「三言」には、こういう妖怪とか幽霊とかのほかに、破壊的なエネルギーを爆発させるヒロイン像、いわゆる悪女もたくさん出てきます。すごい悪女がいっぱい出てきまして、不倫をやって夫殺しをやる。そういうのがしきりにあらわれてきます。

『金瓶梅』が描くしたたかな悪女

こういう悪女的なヒロイン像を徹底的に描いた白話長篇小説が、「三言」の成立した二、三十年前、十六世紀末の明末に、出現します。『金瓶梅』です。『金瓶梅』のヒロイン潘金蓮《はんきんれん》は、夫殺しをやって薬屋の西門慶《せいもんけい》という愛人の第五夫人になります。

この『金瓶梅』の物語、ご承知かと思いますが、実は『水滸伝』の中の一幕を取り出したものです。『水滸伝』では、夫殺しをやった潘金蓮とその片棒を担いだ愛人の西門慶は、潘金蓮の夫の弟で虎退治で有名な武松《ぶしょう》という豪傑にすぐ殺されてしまう。『金瓶梅』は、もし武松が潘金蓮と西門慶を殺さなかったらどうなるかという、イフストーリーです。

『水滸伝』とか『三国志演義』とか『西遊記』は全部語り物、連続講釈の中から生まれたものですが、『水滸伝』から生まれたとはいえ、『金瓶梅』はやはり男女の問題が中心になっていますので、えんえんと語られたものではなく、おそらく最初から一人の作者が書いたものだと思われます。ただ、それがいったいどういう人であったかはわからない。高度な教養を備えた知識人であろうと思われますが、それが誰なのか、今に至るまで特定できていません。

『金瓶梅』の物語世界は、端的に言うと、新興成金商人の西門慶と彼をめぐる潘金蓮を筆頭とするさまざまなタイプのしたたかな女性たちの関わりを描いたものです。西門慶は最初はバーッと成功して、次から次に商売も大きくしていく。周りの女性たちの数もどんどんどんどん増える。欲望の無限増殖です。思いきり増殖したところでパーンとはじける。西門慶は死んでしまうし、女性たちも次々に破滅していく。そういう物語です。ふくらんだものがはじける、バブルがはじけるようなものです。

明末というのは非常に商業が発達した時期で、都市もたいへん繁栄しました。ただ、こうして経済的な構造は変わっても、今の中国もちょっと似たところがあると思いますが、政治のほうがぜんぜん変わらない。皇帝をトップに戴いて、儒教イデオロギーと言いますか、それを体得した士大夫知識人が科挙に合格し官僚になって世の中を動かしていく。そのシステムがぜんぜん変わらないのです。だから経済システムと政治システムにものすごい食い違いが起きてきて、しかもトップの皇帝にはだいたいどうしようもない無能力者ばかり続いたということで、もうちょっとで近代まで行きそうなんだけれど、それが行けない。

知識人の中にも儒教的な禁欲主義みたいなのを笑い飛ばす『金瓶梅』の作者とか、「三言」の編者のように、意識変革に自覚的な人々もいたんですが、けっきょくはあまり大きな動きにはなりませんでした。エネルギーはあふれているのですが、その過剰なエネルギーをちゃんと生産的に吸収するシステムが見つからないので、むちゃくちゃに浪費するしかない。『金瓶梅』に描かれた悪徳商人西門慶と潘金蓮らの欲望狂い咲きは、そういう政治と経済が食い違い、人々の意識ももう一つ変わりきれないような、そういう状況を極端化してあらわしたものだとも言えます。というわけで、明末に世の中が上から下までドンチャン騒ぎにふけっているところに、満州族の清《しん》軍が入ってくるのです。

『金瓶梅』まできたところであらためて整理しますと、唐代伝奇は知識人的な期待される女性像を描き、盛り場で生まれた短篇小説である「三言」とか、それを踏まえた『金瓶梅』は秩序破壊的マイナス・イメージを帯びた女性像を好んで描いたということです。

傑作中の傑作『紅楼夢』

さて最後に。中国古典小説中の傑作中の傑作は、やはり十八世紀中頃の清代中期に書かれた『紅楼夢』だと思われます。これはたいへん整った白話で書かれたものです。もっともいくら整っていても、白話なので、訓読するのはやはり難しいですが。

これは全体百二十回ですが、作者の曹雪芹《そうせつきん》が書いたのは八十回までで、残りの四十回は曹雪芹の構想をもとにほかの人が続作したのであろうと言われています。

ここにどんなヒロイン像が出てくるか。『紅楼夢』の物語世界というのは賈《か》家という大貴族――と言っても、中国の貴族は本当は宋代でなくなってしまうのですが――、王朝を創設した功労者の家であり、そういう意味での大貴族賈家の家庭を舞台にしています。

賈家でいちばん上に位置するのは、賈母《かぼ》という高齢の女性です。中国は儒教で男尊女卑だと言いますが、実は男女を問わず年上の人を非常に敬愛します。だから賈家では、いちばん上の世代である賈母がグレートマザーで、あとはすべて息子の世代以下です。もう賈母の配偶者は亡くなっていますので、トップを占めるのは賈母です。賈母の孫の世代のうち三人、男の子の賈宝玉《かほうぎょく》、林黛玉《りんたいぎょく》と薛宝釵《せつほうさ》という二人の少女が『紅楼夢』の物語世界の中心になります。

賈母はすべてを仕切り、孫の賈宝玉を非常にかわいがっています。賈宝玉は男の子ですが、これが変わっていて少女崇拝者なんです。男の立身出世をめざす知識人の基礎教養である「四書五経」なんかやりたくない。女の子たちと遊んでいたいというような男の子として設定されます。ただ、頭は悪いわけではなくて、賢いんだけども、女の子たち、自分のいとことか、たくさんいる侍女たちを非常に崇拝している。男は汚いと言って、立身出世などにはぜんぜん興味がなく、そういうことから外れた少女たちを崇拝する。賈宝玉はそういうパーソナリティの持ち主として設定されています。

賈家のグレートマザーである賈母は、そういうちょっと変わった、お父さんから怒られ殴られてばかりいるような孫の賈宝玉をずっとかばい続けるのです。

林黛玉も賈母の孫です。彼女のお母さんが賈母の娘の一人なのです。その母も父も亡くなって孤児になって賈家に身を寄せている。一方、薛宝釵のほうは賈宝玉の母方のいとこだから、賈母の直接の孫ではありません。彼女の実家は大金持ちで、たまたま賈家に身を寄せているけれども、経済的にはぜんぜん負担をかけていない。財産もなく孤児の林黛玉とは対照的です。

彼女たちは二人とも美少女ですが、性格は対照的です。林黛玉は非常に鋭くシャープで、非妥協的。薛宝釵はどちらかというと妥協的で、人との関係も非常にうまくやっていける。林黛玉はすぐ孤立するけれども、薛宝釵は自分の周りの人々を上手にあしらっていける。ものわかりのよい大人になりうる可能性を持った少女なのです。

賈宝玉は林黛玉と幼なじみで、相思相愛なんだけれども、結局だんだん時の流れとともに、財産もバックもない林黛玉より薛宝釵のほうが賈宝玉の相手としてふさわしいということで、だんだん薛宝釵のほうが賈宝玉の相手として浮かびあがってきます。そうすると林黛玉はますます追いつめられることになります。作者の曹雪芹がいちばん力を込めて描いたのは、この林黛玉という少女です。大人になることを拒否する少女、成熟を拒否する永遠の少女として描いています。

話をはしょりますので、『紅楼夢』をぜひ読んでいただきたいと思います。『紅楼夢』は林黛玉と薛宝釵を中心とする賈家の少女たちにスポットをあて、非常に華麗な物語世界を展開しますが、賈家はだんだん没落し、少女たちもだんだん成長して、ものわかりのよい大人になることを拒否する林黛玉を除いて次々に嫁いでいくことになります。こうしてだんだん寂しくなり、物語世界は終わるのです。

『紅楼夢』の最大の特徴と言いますのは、先ほど申しました賈母というグレートマザーを頂点に据えて、つまり、あらかじめ、賈母というおばあさんにいちばん力を持たせて、男女の力関係を逆転させていることです。また、賈家という非常に大きな家——家といっても数百人も召使いがいるようなところですから、大きな会社みたいなものですが——、そこで力をふるってそれを動かしていくのも女性です。こうして女性というものにものすごく力をふるわせるような舞台を設定しておいて、男でありながら男性原理を否定し、立身出世論理を否定する少女崇拝者の賈宝玉を狂言まわしとし、林黛玉を筆頭に、少女たちをぐっと前に出して存分に活躍させる。

ですから、『紅楼夢』は物語構造の全体を通じて男尊女卑と言いますか、そういう従来の儒教イデオロギーをひっくり返して異議申立てを行っているようなスタイル、構造になっています。現実の社会では、やはりこの時代には、男尊女卑というか、そういう男性論理が貫徹しています。作者がもっとも力を込めて描いたヒロイン林黛玉は、そこに組み込まれることを永遠に拒否する、そういう少女として描かれています。彼女は否定の精神の化身なのです。

これは先ほど申しました期待される女性像をあらわした唐代伝奇のヒロイン像とも、むちゃくちゃに破壊的なエネルギーを爆発させて自爆した話本小説や『金瓶梅』のヒロイン像ともまったく違った、異質なヒロイン像だと思われます。

『紅楼夢』のヒロインの林黛玉はものすごく醒めているんです。見抜いている。醒めながら、この世のシステムというか、儒教イデオロギーで動かされているような現実社会は認めませんという、そういう身をもって否認し続ける姿、イメージとして描かれています。

『紅楼夢』がおもしろいのは、林黛玉が体現している否定の論理、否定の精神に、男でありながら男性原理を否定する賈宝玉が共感して肩入れをしている点です。とすると、『紅楼夢』は中国の古典小説の中で、ヒロインと同じ地平に立とうとする男性ヒーローをはじめて登場させたという意味でも、非常に画期的な作品だと思います。『金瓶梅』はヒーローもヒロインも、要するに無限に欲望を増殖させて破裂するだけなんです。『紅楼夢』が書かれたのは十八世紀の中頃でして、本当に近代がそこまで来ていた時代です。

というわけで、非常に駆け足ですが、唐代伝奇から『紅楼夢』まで、古典小説のヒロイン像の変遷を探ってみました。このヒロイン像の変遷の過程というのは、とりもなおさず中国古典小説の変遷の過程を表すものだと思われます。あまり漢文のご参考にはならなかったかもしれませんが、漢文のテキストに小説もだんだん多く採録されているように見受けられます折から、ご参考になれば幸いだと思います。

［講演後の質疑応答から］

――『水滸伝』や『三国志』といった中国の小説の多くがしりすぼみで終わるのはなぜなのでしょうか。

［井波］　しりすぼみというか、終わり方がさびしくなるのは古典長篇小説のすべてにあてはまると思います。『紅楼夢』も賈家が没落し、中心人物の賈宝玉もお坊さんになってどこかへ行ってしまいますし、『金瓶梅』は西門慶の死後、その小型みたいなのが出てきて、もう一回ランチキ騒ぎを繰り返し、やはり破滅して終わっていきます。『水滸伝』も『三国志』も終わりにゆくほどさびしい。違うのは『西遊記』ぐらいですね。だから、『水滸伝』では豪傑がせいぞろいした七十回で切ってしまうテキストが明末に出ました。盛りあがったところで終わらせようとしたのです。でも、中国の長篇小説のセオリーは、やはり、はなやかなクライマックスで

終わらせるのではなく、クライマックスがすぎ、下降してゆくところまで描ききるところにあると思います。これは歴史書、たとえば『史記』などでもみなそうです。歴史はいいところでパッと終わってしまうことはありえません。人にせよ国にせよ、誕生して死滅してゆくのですから。これもさびしいといえば確かにさびしい。私が『三国志演義』を訳したときも、諸葛亮が死んだあと、本当に物語世界がさびしくなることを実感しつつ訳しました。中国古典長篇小説の終わりがさびしいのは、歴史書の描き方と同じで、中国人の歴史感覚・歴史意識によるのではないかと思ったりします。

（『かながわ高校国語の研究』四〇、二〇〇四年一一月）

［編者注］
井波律子は六朝から清にいたる奇想・幻想小説二六篇を自身で翻訳しており（『中国奇想小説集　古今異界万華鏡』平凡社、二〇一八年）、そのなかに「離魂記」「任氏伝」ならびに「白娘子（白蛇伝）」も収められている。

中国の異才たち——陶淵明から揚州八怪まで

［愛知県国語教育研究会高等学校部会］
〈平成十七〈二〇〇五〉年度研究大会講演〉

本日のテーマは「中国の異才たち」です。だいたいは中日新聞の「異才列伝」や岩波新書の『奇人と異才の中国史』で取り上げていますが、本日はその中から、特に陶淵明と林逋《りんぽ》、それから「呉中《ごちゅう》の四才」「揚州《ようしゅう》八怪」という二つのグループについてお話しします。

陶淵明と揚州八怪では、東晋から清までと千年以上の隔たりがあるのですけれども、それぞれの生きた時代であたうる限り自由に、さまざまな権力とか政治的圧迫といいますか、そういうものから巧みに身をかわしつつ、同化しないで自由に生きた人々ということでは共通していました。どのように彼らが自分の生きたいように人生を楽しく生きようとしたか、それぞれのスタイルをちょっと探ってみたいと思います。

陶淵明

陶淵明が生きた時代

陶淵明は日本でも非常によく知られており、有名な「飲酒二十首」など漢文の教科書にも出ています。しかし、陶淵明という人は――四世紀の中頃から五世紀の初めに生きた人なのですけれども――自らが生きた時代には全然評価されなかったというか、ほとんど無名でした。陶淵明の詩とか生き方とかが評価されるようになったのは、これから数百年後で、唐代から少しずつ陶淵明に注目する人が現れ、一気に評価が高まったのは十世紀の宋代以降なのです。今だと陶淵明は超有名人ですから、ずっと陶淵明がトップを走り続けたように思われがちですが、決してそうではなくて、生きていた時代には全く注目されなかった。

ちなみに、陶淵明はあざなを元亮というのですが、本名は陶潜であってあざなが淵明だとか、いろいろな説があります。

その陶淵明が生きた時代について、少し幅を持って考えてみましょう。じつは曾祖父の陶侃《とうかん》という人が非常に有名で、東晋王朝の創業の功臣でした。東晋王朝とは何かといいますと……、三国時代の魏・蜀・呉、三国のうち、魏は曹操の子孫が立てたものですけれども、それを簒奪して成立したのが西晋王朝で、これは諸葛亮のライバルであった司馬懿の子孫が立てた王朝です。「禅譲《ぜんじょう》」、つまり譲り受けるという形で曹氏の魏王朝から権力を奪取した西晋は、すでに滅んでいた蜀に加え、最終的に呉も滅ぼして、一応中国全土を統一しました。しかし、この西晋王朝の統一は非常に短い期間に潰えます。一つは血肉間抗争といいますか、西晋王朝の王族の間で抗争が起こりまして、土台までが揺らいでしまったのです。そこへもってきて北方異民族の侵入が激しくなって、結局、西晋王朝は成立してから約五十年後の三一六年に滅びてしまいました。この西晋王朝の一族である司馬氏が江南に亡命して立てた王朝、それが東晋です。首都は建康、今の南京でした。そして北方中国──淮水《わいすい》より北──では、北方異民族の王朝が目まぐるしく興亡を繰り返すことになりました。いわゆる五胡十六国です。

この東晋王朝、北方から来た漢民族の貴族──北来の貴族と言います──と、江南土着の豪族の連合政権という性格がありました。陶淵明の曾祖父である陶侃自身はもともと江南土着の人で、それまでは貧しい官吏であり、小役人にすぎません。しかし、非常に軍事的な才能があって、東晋成立時に大活躍して、創業の功臣の一人に数えられるまでになります。

連合政権とはいえ、中心になるのはやはり北来の貴族でした。ちなみに、このときの貴族は政治力もあれば武力も持っており、古くから続いた家柄であるという意味での貴族です。西晋時代からこうした世襲貴族が力を持つようになっていて、貴族的なサロンを作るなど、文化的な生活を享受していました。

これに対して、江南土着である陶侃という人は、どっちかというと質実剛健の方で、そういう華美な貴族的なセンスというのを全然持ち合わせていない。だから、創業の功臣ではあり、軍事力もあるけれども、そういう貴族社会からちょっと浮いたような存在だったのです。

だいたい、貴族はお金のことを言うのを非常に嫌った。ものすごく吝嗇な人もいますけれども、多くはお金の話は嫌う。ところが、陶侃は非常に貧しいところから出てきて、じりじりと地位を固めてきた人ですから、まったく違います。倹約家であり、ものを無駄にしない。たとえば、あるエピソード集にこんな話があります。役所の仕事として建築をしたりするときに、木を削ったおがくずが出ますね。それをためておく。袋いっぱいためておく。そうしたら、あるときのお正月、役所で全部の官吏が集まって朝の会をやるときにたまたま大雪が降った。下がものすごくぬかるんでいて、このままでは立っていることもままならない。このとき、陶侃はため込んでいたおがくずを全部、ぬかるんだところに敷いて、おかげでみんな足下もぬれずにちゃんとお正月の式ができたというのです。無駄をしないし、ものすごく合理的なところもある。陶侃はそういう人だったわけです。

今の話は公けの話ですが、個人的というかプライベートな面でも倹約に徹底しましたから、どんどん財産が貯まって大金持ちになり、皇帝とか王侯に匹敵するぐらいの巨万の富を積んだというように言われています。

でも、陶淵明といえば、あまりお金がなくて自給自足をしていた人というイメージが定着しています。陶侃が貯えた巨万の富はどうなったのか。何しろ曾祖父の話で、陶淵明が生まれたのは東晋王朝ができたときからもう五十年ぐらい経っています。この間、どんどん代替わりして、一代経つごとに貧しくなり、陶淵明の時代には曾祖父が貯め込んだ財産はもうなくなっていました。

ただ、後からも申しますが、なくなったといっても、無一物を意味するわけではありません。ボロボロかもしれず、朽ち果てて非常に傷んでいるかもしれないけれども、家屋敷の一部は残っていたと思われますし、たぶん田畑なんかも残っていたのでしょう。中国の人が何もないと言うと、日本人は、本当に何もなくて、田んぼ一枚ないというようなそういう連想をしますが、何もないといっても何かちょっと、家屋敷はある、召使いまでいるというような、そういう人が多いのです。陶淵明の場合もそれに近かった。とはいえ、貧しかったのは事実でしょう。現金というのはおかしいですけれども、そういうものは全然ない。金銀財宝もない。そういう意味で大変貧しく、日々暮らすにあたり、本当に手元が欠乏してしまっていたと思われます。

それで、仕方がないので、陶淵明は結婚した後の太元十八年、三九三年に二十九歳で地方官の職に就きました。この時代はまだ科挙もなく、九品官人法《きゅうひんかんじんほう》というのがありまして、だいたい家柄の格に合わせて地方で採用されて、それが中央に反映するという形になるのですが、陶淵明は何しろ曾祖父のときから没落の一途ですので、そういう正規のルートの、中央にまでつながるような形で出仕したのではありません。本当に地方の小さい役人の職に就いたのです。

ところが、宮仕えには窮屈な面がたくさんあり、陶淵明は精神の自由を求める人ですから、長く続かない。就職したかと思ったらすぐ辞める。でも辞めたら暮らしていけないから、また出仕する。そういうことを繰り返します。そして四〇五年、四十一歳のときに完全に辞職しました。有名な

「帰去来《ききょらい》の辞」、「帰りなんいざ、田園将《まさ》に蕪《あ》れなんとす（帰去来兮、田園将蕪）」という詩を作ったのは辞めた次の年で、故郷に戻って隠遁生活に入るわけです。

ちなみに、先ほど申しましたように、この隠遁生活では、召使いも一応いたようだし、ぼろ家ながら家屋敷もあったようです。また、息子が五人いましたが、みんな出来が悪いという、嘆く詩も作っています。非常に貧しくて、晴耕雨読の生活をしたというのですが、これだけの家族や召使いを養うとなれば、陶淵明が鍬を振るっただけではとうてい追いつけません。おそらく、違った形で収入というものを確保していたと思われます。歴史の中に出てこないけれども、何かあったものと思われ、けっして豊かではないけれども、カツカツ生きて食べていくぐらい、家族と召使いも込みで食べていけるぐらいの生活はできたのでしょう。

こうして陶淵明は、窮屈な宮仕えを離れ、精神の自由を確保し、菊が好きでしたから、菊を愛でたり酒を飲んだりの生活を送ったものと思われます。

陶淵明は「篇篇《へんぺん》酒あり」。今残っているのは百三十首ぐらいなのですが、そのおそらく六割ぐらいでしょうか、お酒のことをうたっています。

内に秘めた反発心

精神の自由とか、何者にも束縛されない生活とかいいますけれども、そういうものを続けていくバネになる、非常に強い反発心が陶淵明にはありました。それを感じさせるエピソードがあります。

江南に成立した東晋王朝は北来の貴族と江南土着の豪族が連合で作っていった政権ですから、もともと皇帝権力そのものは弱い。貴族たち豪族たちが武力や軍事力を出し合って弱い皇帝を支えた王朝でした。この王朝がだんだん退廃していって、ついに四二〇年、劉裕《りゅうゆう》という人物によって――これも「禅譲」の形をとりますけれども――滅ぼされます。この劉裕という人、陶淵明の曾祖父の陶侃がそうであったように、たたき上げの軍人でした。東晋の主流である貴族社会とは全然異質な存在です。その人が軍事力を強大化し、東晋を滅ぼして、宋王朝を立てたわけです（この宋は後の近世になってからの宋王朝と区別するために、劉裕の宋で「劉宋王朝」というように言います）。

実は陶淵明は、役人になったり辞めたりしている間に、軍隊の幕僚みたいになっていたこともありまして、その時期において、この劉裕と同僚だったこともあります。同僚だった劉裕がいつのまにかものすごい力を持ったということに違和感がありました。また、曾祖父の陶侃が東晋王朝の創業の功臣でしたので、陶淵明は東晋に対して非常に愛着を持っています。その東晋を劉裕が滅ぼしたということで、内心非常に反発を感じ、そういう反抗精神みたいなものを内に秘めた形で持ち続けたのです。

その一つの現れは、王朝が変われば年号が変わりますけれども、陶淵明は自分の著作には――劉宋王朝が成立してから七年ぐらい陶淵明は生きているわけですが、その間に書いた著作については――絶対に劉宋の年号を用いなかった。そういう形で密かな抵抗を持続していたのです。

死ぬまでそうだったわけですけれども、そういう陶淵明の心境をあらわす二つの詩をご紹介したいと思います。一つはあくまでも穏やかな詩、もう一つは内に秘めたる反逆心を沸々と感じさせる詩です。

最初は「飲酒二十首」の「其の五」。大変有名な詩ですから、皆さんもご存じでしょう。

結廬在人境　廬を結びて人境に在り
而無車馬喧　而《し》かも車馬の喧《かまびす》しき無し
問君何能爾　君に問う　何ぞ能く爾《しか》るやと
心遠地自偏　心遠ければ地も自ずから偏なり
采菊東籬下　菊を采《と》る　東籬《とうり》の下《もと》
悠然見南山　悠然として南山を見る
山気日夕佳　山気　日夕に佳く
飛鳥相与還　飛鳥　相い与《とも》に還る
此中有真意　此の中に真意有り
欲弁已忘言　弁ぜんと欲して已《すで》に言を忘る

［訳］庵を構えているのは、人里のなか。しかしうるさい車馬の音は聞こえてこない。どうしてそんな風にできるのかね。心が俗世を超越していれば、土地もおのずと辺鄙になるのさ。東の垣根で菊の花を折りとっているさい、ふと目に入ったのは悠然とそびえる南の山。山のたたずまいは夕

暮れ時がことにすばらしく、鳥たちが連れだってねぐらを目指し飛んでゆく。この中にこそ宇宙の真実が存在する。だがそれを言い表そうとした時には、すでに言葉を忘れていた。

庵を構えているのは人里の中であり、野っ原の真ん中ではないというわけです。しかも、うるさい車馬の音は聞こえてこない。「どうしてそんなふうにできるのかね」と自問自答しているような感じですね。そして「心遠ければ地も自ずから偏なり」。ここがすごくいい。心が俗世を超越していれば、土地も自ずと辺鄙になるというわけです。だから、平静な境地でいたいときに、わざわざ人里離れた、人けのないところへ行く必要はない、どんな喧騒の中だって心が俗世を離れていたら、「心遠ければ地も自ずから偏なり」、心も遠くなるということですね。

東の垣根で菊の花を折りとっているさい、ふと目に入ったのは悠然とそびえる南の山。この終わりの四句は大変有名です。「山気　日夕に佳く」、山のたたずまいは夕暮れ時がことにすばらしく、「飛鳥　相い与に還る」、鳥たちが連れだってねぐらを目指し、飛んでゆく。「此の中に真意有り、弁ぜんと欲して已に言を忘る」。これはいろいろな注釈とか解説とかがありますが、一応の意味としては、この中にこそ宇宙の真実が存在する。だが、それを言い表そうとした瞬間には、もうすでに言葉を忘れていたということになります。

これは非常に平静な、そのまましーんと静まっていくような心の状態をうたっているのですけれども、次に挙げる「山海経《せんがいきょう》を読む」には、もっと激しいものがあります。

『山海経』は一応古代中国の地理書ということになっていますが、非常に幻想的な地理書です。戦国時代ぐらいからばらばらと増補されていって、前漢の末ぐらいに成立したと考えられます。東晋の郭璞《かくはく》という人――この人は神仙思想家として有名な人なのですけれども、陶淵明より九十年ほど先の二七六年生まれです――が、ずっと前漢から長らく伝わってきたこの『山海経』という幻想的な地理書に注を付け、『山海経注』という本を著しました。これには図版が付いていました。ただ、図版はもう滅んでしまいまして、今残っている図版というのは、ずっと後の清代になって書かれたものです。平凡社の「中国古典文学全集」などに出ているのはこれです。ここに「刑天《けいてん》」という首のない妖怪の絵とか、非常に変わった怪物の絵があり、とてもおもしろい。

陶淵明の見た『山海経』は郭璞のものだと思われますし、もともとの図版も付いていたと思われます。陶淵明はこれを読んで連作の詩を作っているのですけれども、その第十首には烈々たる反逆精神がよくあらわれております。

精衛銜微木
将以填滄海
刑天舞干戚
猛志故常在
同物既無慮

精衛《せいえい》　微木《びぼく》を銜《ふく》み
将《まさ》に以て滄海を填《うず》めんとす
刑天　干戚《かんせき》を舞わし
猛志　故《もと》より常に在り
物に同じきも既に慮《おもんぱか》る無く

化去不復悔　化《か》し去るも復《ま》た悔いず
徒設在昔心　徒《いたず》らに在昔の心を設《もう》く
良晨詎可待　良晨《りょうしん》　詎《なん》ぞ待つ可《べ》けんや

［訳］精衛の鳥は木片をくわえて、大海原を埋めつくそうとし、刑天は干と戚を手に死後も舞いつづけ、はげしい思いをいつまでも捨てない。異形のものと化しても気にもとめず、肉体が滅び去っても後悔しない。ひたすら昔の復讐精神を抱きつづける。たとえ輝かしい明日など来なくても。

一句目に出てくる「精衛」というのは鳥の名前です。これは『山海経』の中に出てくる悲しい話にもとづく詩句です。神話上の皇帝である「炎帝」に女娃《じょあ》というお嬢さんがいました。この女娃という少女が東海——東海というのはどこか分かりませんが——、東の方の海辺で遊んでいるうちに、海に溺れて死んでしまった。女娃は溺死したことを恨み、精衛という小さな鳥に変身して、木くずとか石ころをくわえては海に放り込んで埋めようとした。小さな鳥が小さな石ころや木切れをくわえて入れたって、縹緲《ひょうびょう》と広がる大海原が埋まるわけもありません。しかし、自分を殺したその海をどうしても埋めたいということで、一人で、一羽で、黙々とそういうことをやっていたという。

次の「刑天　干戚を舞わし」。干戚は「たて」と「まさかり」。刑天の「刑」は「形」という字を書くこともありますけれども、これもやはり古代の伝説の神の一人。反逆的な神で、天帝と戦って負けてしまいます。負けて首を切られて、埋められそうになる。斬首されたのですから頭がない。

それなのに、絶対あきらめないで、両乳を目に変えて、おへそを口にして、そして、両手で盾と鉞を持って天帝に刃向かい続けたというのです。これにはおもしろい絵がありますけれども、これもさっきの精衛と一緒で、頭もなくなっているし、たった一人で戦っても強大な力を持つ天帝にはとても勝てるわけがないのですが、あきらめないで干と戚を手にいつまでも、死んだ後もあきらめないで舞い続け、戦い続けた。「猛志　故より常に在り」、烈しい思いをいつまでも捨てなかったというのです。

後半の詩句は、そういう小鳥とか頭のない怪物とか、異形のものになっても全然気にも留めず、肉体が滅び去っても後悔せず、いつまでもできる限り戦うというものです。そして最後に、「良晨詎ぞ待つ可けんや」としめくくる。「良晨」はよき明日ということです。たとえ輝かしい明日など期待できなくとも、一生懸命そうして戦うのだと述べていました。

さきほど、陶淵明が劉宋王朝に違和感をもち、その年号を使わなかったことにふれました。そうしたからといって、そんなこと、だれにも痛くもかゆくもない話ですよね。でも、どうしてもこの王朝の交代には承伏できない。自分は否定しているのだということを何とかあらわそうとすれば、それぐらいしかできない。そういう陶淵明の思いがこの詩には読み取れます。

魯迅はこの詩を大変高く評価し、陶淵明を単なる穏やかな隠遁詩人だと思うとちょっと違うところがあるということで、この詩をひいています［「且介亭雑文二集」題未定草六――編者注］。だから、陶淵明自身も、年号を使わないぐらいでだれもびっくりもしないということは百も承知でありながら、でも、そういう形で烈しい思いを伝え続けたのです。陶淵明は単に穏やかに悠然と南山を見ていたばかりではなくて、そういう烈しい思いを抱えながら、でも、表面上はお酒を飲んで田園型の隠遁生活をゆったりと続け、しかし、決して時代と同化しなかった。そういう生き方をしたということです。

陶淵明の隠者としてのこういう生き方は、隠者の理想として後世、高く評価されました。しかし、生きていた時代には全然詩も評価されず、そのまま長らく無視され続けましたけれども、唐代ぐらいからその詩は高く評価されるようになりました。陶淵明の詩は、たいへん表現が平明です。六朝の劉宋王朝が成立するまで、詩は意味そのものはそんなに難しくないけれど、見たこともないような難しい字を使った華麗な美文が多かった。陶淵明にそういうことはなく、割とストレートな表現なのです。だから、時代を越えて、評価されたのだといえます。

林逋

時代の変わり目を生きる

続いて、林逋です。あざなは君復《くんふく》といい、北宋の詩人であり文人でした。この人もちょっと変わったというか、やはり心に何か違和感みたいなものを抱きながら隠遁した人です。すごくすがすがしいというか――生き方もそうですけれども――詩を作った人で、江戸時代ぐらいには日本でもすごく人気があり、非常によく読まれていて、ファンが多かった。和刻本もあります。画題になっており、中国でも林逋の画はよくありますけれども、日本の人が描いた画もあります。

林逋が生きた北宋初期は時代の変わり目でした。中国の歴史をみると、大王朝が滅びた後には乱世が来ます。たとえば、魏・蜀・呉になる前は漢王朝、前漢・後漢合わせての漢王朝があって、大王朝が滅びて三国になり、西晋がいったん全土を統一するけれども、またすぐ分裂するという、そういう分裂時代がずっと続きます。これが魏晋南北朝の乱世で、いま触れた陶淵明はこの時代に生きた人でした。

そして、隋がこれにピリオドを打つ北朝系の王朝です。しかし隋は短命で滅び、これに続くのが唐です。唐は三百年ぐらい続く大王朝です。漢王朝の先にも秦という短い命の王朝が前触れのように出現しています。ですから、総じて大王朝が滅亡したあとに乱世がつづき、秦や隋のような短命の王朝が全土を統一したあと、漢や唐のような大王朝が現れるといえます。

九〇七年に唐王朝が滅んだ後、五代十国の乱世になり——中央では短命な五つの王朝が入れ替わり、周辺には十国が乱立する——、九六〇年に成立した北宋王朝が全土を統一していきます。五代十国の乱世は、世界が攪拌されるというか、それまでの価値観みたいなものが全部崩れてかき回される時代で、北宋王朝は唐までとは異なる時代の始まりでした。実は唐代、官吏登用試験の科挙が広く行われるようになり、さまざまな階層から高級官僚となる道が開けましたが、このときはまだ、世襲で官職につく貴族がいて、科挙出身者と貴族が並存しています。そのため、科挙出身者の官僚と貴族出身の官僚がものすごい争いをやり、唐王朝を揺るがす事態になったりしたのですが、乱世の間に、古くから続いた貴族は全滅してしまいました。だから、宋以降、官吏は全部、科挙で選ばれるようになります。むろん勉強をしなくては合格できませんから、自ずと階層というか、勉強ができる余裕のある家の者は限られます。しかし、極貧であっても、優秀な人は何らかの手蔓で勉強をすれば科挙に合格できるわけで、宋代には科挙の制度がたいへん整備されていきました。

宋代以降、貴族階層がなくなるという新しい時代に入ります。ここに近世が始まったとする説が有力ですが、たしかに非常に大きな切れ目があることは事実です。

そういう新しい時代が始まったときに、林逋はちょうど生まれたわけですけれども（九六七年）、彼は南の方の十国の一つ、呉越——杭州を首都とする——という国の出身でした。そして呉越は九七八年、ついに北宋に降ります（翌九七九年には北漢が滅ぼされ、北宋による全土統一がなる）。林逋のおじいさんは呉越の高官だった人で、名門でしたから、北宋に対して複雑な思いを抱いたことでしょう。それもあってか、新しい時代の新しい価値観みたいなものにすっと乗り切れないみたいなところが、どうしてもありました。

林逋はその後、二十歳ぐらいから長江の北側の江北や江南をさすらうのですね。ただ、林逋は、若いときから詩人として大変有名な人でしたので、さすらうといっても乞食みたいにさすらったわけではなくて、どこかの土地に行けば、その土地の有力者に呼ばれて詩の会に参加したりする。この時代ぐらいになると、詩を作る階層が広がりますので、いろいろなところで詩会とかが催された。

そこへ呼ばれていって、ちょっと添削をして、謝礼をもらう。たぶんそうして生活を立てたのだと思います。

それで、長らく遍歴をしていたのですが、病身であったこともありまして、四十歳のときに故郷の杭州に戻って、風景がきれいだというので有名な西湖のほとりで隠遁生活に入ったわけです。病身だったので、生涯、結婚もしませんでした。亡くなったのは六十二歳でしょうか。ですから二十年余り隠遁生活をしたことになります。

この人にはメルヘンのような伝説があります。むろん尾鰭の付いたところが多少はあります。鶴を飼っていまして、その鶴を自分の子どもに見立て、メイコウという名前の鶴だったみたいですけれども、それを自分の子どもに見立て、子鹿を召使いに見立て、また、梅がものすごく好きだった人なので梅を妻に見立てたというのです。人間を周りに置かないで、鶴や鹿や梅を相手に、孤独で悠々自適の生活を楽しんだというわけです。

子鹿を召使いに見立て、お客が来ると子鹿の首に袋をぶら下げ、そこにお金を入れると、子鹿がトコトコと町へ下りていき、酒屋に行く。すると酒屋がそのお金を取ってそこに酒のとっくりを入れてやると、また子鹿がトコトコと帰って行ったというような、非常に牧歌的な伝説もあります。

では、林逋はどうやって生計を立てていたのでしょうか。俗事にかかわらないで、すがすがしく生きるというのは、俗世の中で生きている人間のあこがれをそそりますので、地方の知事とか長官は自分の給料の一具を与え、皇帝は食べ物とか着る物とかを賜るなどして、林逋の隠遁生活を援助したという話もあります。でも、林逋は、別にそれをもらったからといって平伏して感謝するわけでもなく、拒絶するほど意固地なところを見せるわけでもなく、淡々ともらっていた。非常に腹が据わっているというか、気にも留めなかったのです。

梅花の詩をめぐって

林逋の詩は現在、三百首余り残っています。実際には、もっとたくさん詩を作っていたけれども、気に入らない詩はどんどん破り捨てたとされています。

ここに挙げましたのは、林逋の住んでいた西湖のほとりの家を舞台にした詩です。これは非常にエロティックな詩だと思います。「梅花」という作品です。これは日本でもよく知られていて、特に三句目、四句目の「疎影横斜水清浅　暗香浮動月黄昏」というのは大変有名で、いろいろなところに引かれます。

衆芳揺落独暄妍
占尽風情向小園
疎影横斜水清浅
暗香浮動月黄昏
霜禽欲下先偸眼

衆芳《しゅうほう》揺落せしに　独り暄妍《けんけん》たり
風情《ふうじょう》を占め尽くして　小園に向《あ》り
疎影　横斜　水　清浅《せいせん》
暗香　浮動　月　黄昏《こうこん》
霜禽《そうきん》は下らんと欲して　先ず眼を偸《ぬす》み

粉蝶如知合断魂　粉蝶の如《も》し知らば　合《まさ》に魂を断つべし
幸有微吟可相狎　幸いに微吟の相い狎《な》る可き有り
不須檀板共金尊　須《もち》いず　檀板《だんはん》と金尊を

［訳］多くの花はみな寒さにあって枯れ落ちたのに、ただ梅の花だけは鮮やかに美しく咲き、小さな庭園の中で風情（自然の美しい趣）を独り占めにしている。梅の枝のまばらな影は清く浅いせせらぎに向かって、横ざまに斜めに突き出し、ほのかに漂う香りはおぼろな月影の中でゆれ動く。冬の日の霜をしのいで飛ぶ鳥は、梅の枝に舞い降りんとする先に、そっと盗むような流し眼で梅の花を見ずにはいられない。季節が早いので紋白蝶はまだ飛んでいないけれども、もしこの梅の美しさを知ったなら、きっと魂も断えなんばかりの慕わしい思いを抱くことだろう。幸い梅と睦まじくするには、花の下で小声で歌えばよく、拍子木を鳴らし金の樽をあけてドンチャン騒ぎをする必要はない。

この「梅花」のもともとのタイトルは「山園小梅《さんえんしょうばい》」です。いずれにしてもタイトルには「梅」が入っていますけれども、詩の中には一語も「梅」とも「梅花」とも指摘がありません。こうして伏せることによって、いっそう濃密に林逋の梅への思い入れが浮かびあがってきます。

林逋も、このように梅を妻に見立て、自然の中に耽溺しているようでありながら、底の底の方には、先ほど言いましたように亡国の思いがあります。やはり亡国の詩人なのです。北宋になって新しい時代が始まったのに、どうしてもそこに違和感があって乗っていけない。さまざまな形で資金援助を受けているけれども、それ以上に、絶対、世の中に関わろうとせず、自然の中で隠遁しつづけたのです。

だから、陶淵明が自ら農耕もやる田園型詩人、隠遁者とすれば、林逋はもう少し抽象的な自然型の詩人、隠遁者と言えるかと思います。

林逋の生き方も、その後、陶淵明にひけをとらないほど、多くの文人のあこがれの的になりました。林逋は詩だけではなくて、文人趣味の「琴棋書画」、つまり、音楽もできたし、絵も書も上手でした。ただ「棋」、碁だけはできなかったようですが。ともあれ後世の文人趣味の走りのような人だったのです。

呉中の四才

都市型隠者＝市隠

呉中の四才は、林逋が生きた時代から五百年ぐらいあと、十五世紀から十六世紀前半、明代中期に生きた人々です。呉中は蘇州のことですから、蘇州の四人の才能ある人々という意味で、祝允明《しゅくいんめい》、文徴明《ぶんちょうめい》、徐禎卿《じょていけい》、そして唐寅《とういん》の四人をさします。じつは最後にふれる揚州八怪も同じなのですが、彼らも一種の隠者たちであることは確かであるとはいえ、隠遁のスタイルが変わりました。田園型とか自然型ではなくて、どちらかというと都会型、都市型の隠遁者なのです。また、彼らは、林逋のように、文人趣味というのではなく、画や書をかいて、それを売って自活していました。自活する都市型隠者です。この呉中の四才はものすごくおもしろい人々なのですけれども、徐禎卿という人だけは早死にしてしまったこともあって、あまりエピソードがありません。

呉中の四才が生きた時代、中国の知識人＝士大夫の生き方はごく限られていました。勉強して科挙に合格して、最終試験を合格して進士になること、それだけと言っていいくらいです。生き方の選択肢がかぎられているのです。科挙にもいろいろな段階があります。郷試、これは最後の大きな地方試験ですが、それをクリアすると会試、中央試験にのぞみます。これでだいたい決まるのです。会試に合格すると、形式的ですが、殿試と言われる皇帝の面接があり、最終的に合格者が決定されます。ところが、郷試に全然受からない人とか、郷試まではとにかくクリアしたけれども会試に受からない人とかがワンサと出てきます。科挙の答案に用いられる文体は八股文《はっこぶん》という独特の美文で、これを駆使して答案を書かなければならない。器用な人は八股文もこなしますけれども、文学的才能があっても不器用だったり、文章は非常にうまいけれど八股文だけは苦手だとか、抵抗感があって八股文をかけない人もあって、どうしても科挙に受からないということが起きてきます。呉中の四才のうち、徐禎卿は科挙に合格して進士になりますけれど、唐寅、祝允明、文徴明の三人は結局、科挙に受かりませんでした。そしてこの三人、受からなかったけれども、市井の大文人として、書、画、詩、文と、オールラウンドプレーヤーとしてなんでもこなし、蘇州文化の旗手として活躍するのです。今でも彼らの書や画は高く評価されていて、美術全集に載っていますし、中国の芸術史上には欠かせない人々です。

呉中の四才が登場するには蘇州という土地柄がとても重要でした。明王朝が成立するときに大きな意味を持つ、謂われのある都市だったからです。明王朝の初代皇帝は洪武帝、本名は朱元璋《しゅげんしょう》です。朱元璋は明王朝を立てるまで、血みどろの戦いをくりかえしました。モンゴルの元王朝の末期、江南で多くの反乱軍が蜂起したとき、朱元璋はそのリーダーの一人だったのですが、やがて、反乱軍同士のものすごい戦いがはじまります。このとき、朱元璋のライバルである張士誠《ちょうしせい》は蘇州を根拠地にしていました。結局、この張士誠を打ち破って朱元璋は明王朝を立てます。蘇州は古くから絹織物の生産地で、中国屈指の大商業都市でしたから、張士誠が蘇州を根拠地にしていたということは、つまり蘇州の大商人などが彼をバックアップしていたということになるわけで、明王朝の皇帝になった朱元璋は蘇州を憎み、大弾圧を掛けました。このため、蘇州は壊滅的な打撃を受け、いったん火が消えたようになってしまいます。幸田露伴の『運命』にも洪武帝が出ていて、ここでは洪武帝は大変よく書かれており、初代皇帝の偉大さがあったとされています。しかし、その実、洪武帝には、皇帝になると、自分を皇帝にするように助力してくれた創業の功臣をどんどん粛清していくような、ものすごく残忍な面もありました。

でも、時間が経つとともに、明代の中期、呉中の四才が生まれた頃には蘇州の商業都市としての機能がすっかり復活します。しかし、やはり蘇州には、そのように明王朝を作った朱元璋に大弾圧され、それを跳ね返して復活してきたという、そういう歴史があるものですから、あまり権力者とか王朝とかを信用しない。自前の文化を創ろうとするところがありました。だから、唐寅たちのように科挙を落第した人々も受け入れる。科挙というのは王朝を支える官僚を採用する制度なのですから、そこに組み込まれない人々をむしろおもしろがる。彼らを、お上の御用文化ではない、蘇州独自の文化の担い手としてむしろ応援をしたということです。

このように蘇州という町にもともと反逆的な要素があったことが、唐寅たちに幸いしたわけです。呉中の四才の筆頭ともいうべき唐寅はわりに器用なところもあり、本当は秀才でした。ものすごく放蕩無頼をやったけれども頭がよくて器用なところもあり、八股文もこなせました。それで、さっき言いましたように、郷試、これにトップで合格しました。郷試トップ合格者のことを「解元《かいげん》」といいます。唐寅が唐解元と呼ばれるのはこのためです。ちなみに、中央試験の会試トップ合格者は「状元《じょうげん》」と呼ばれます。解元になるような人は、状元になれるかどうか分かりませんが、会試もだいたいすんなりいくはずなのに、唐寅はそうはいきませんでした。同じ郷里出身の人物のカンニング事件に巻き込まれて、落第をしたのです。カンニングは犯罪ですから、唐寅は投獄され、科挙受験資格を永久に失ってしまいました。それで、郷里の蘇州に帰り、以後は自作の画や詩文を売って生計を立て、堂々と五十四歳で死ぬまで自立した文人として生きたのです。

だから、唐寅は、先の陶淵明とか林逋などが田園型、自然型であるのに対し、都市型の隠者といえます。しかも、自分で生活を立て、自立した隠者なのです。こういう人のことを市隠《しいん》と呼びます。

科挙に落第し続けた文徴明と祝允明

唐寅と同年の文徴明について見てみましょう。文徴明は唐寅と親友だったのですけれども、唐寅は商家の生まれ、商人の息子だったのに対し、文徴明のお父さんは堂々たる高級官僚で、文林《ぶんりん》という人です。文林は唐寅の才能を買い、自分の友達のネットワークを通じて、早くから唐寅はこんなに優れているということを宣伝してくれた。文徴明のお父さんのおかげで唐寅は世に名を知られたのです。

そういう切っても切れない仲にあったわけですけれども、二人の性格は全く正反対でした。唐寅はお酒はいくらでも飲むし、女性も好きだという放蕩無頼だったのですが、文徴明はそういうのはみんな嫌いで、花柳界にも行きたくないという、非常に真面目で、謹厳な人でした。そんなに対照的な二人が生涯変わらぬ友情を結んだわけです。どれだけ仲がよかったかというのは次の、後でご紹介する文徴明の詩で分かります。

この文徴明、お父さんは高級官僚なのに、どうしても科挙に受からない。不器用だったのだと思いますね。詩文とかは上手なのですが。それで、別のルートで——お父さんが高級官僚ですからその引きもあったのか——、役人になりました。でも、これがまた中央へ行っても馴染めない。官僚の世界に馴染めないということで、やはり故郷の蘇州に戻って、詩や文や書画を売って、自立した文人の道を歩んだわけです。この文徴明はものすごく長生きで、九十歳まで生きました。蘇州文壇、蘇州画壇の大ボスになったのです。

呉中の四才のいま一人、祝允明は唐寅や文徴明より十ほど年が上なのですが、これがまた全然科挙に受からない。郷試に七回、落第していますーーちなみに文徴明は九回落ちましたーー。祝允明はほとんど娯楽の一種ではないかと思うぐらい落第したあげく、やっと違うルートで地方役人になるのですが、そうなると遠いところに赴任したがるのですね。広東とかに赴任する。でも行ってすぐ、一〜二年で辞めてしまう。ちょっと遠いところに行って、また蘇州に戻ってくるのです。ほとんど観光旅行です。

のち清代中期にできた白話小説『儒林外史《じゅりんがいし》』では、科挙にふりまわされる人々が描かれ、合格か落第かをめぐるものすごく深刻な話が出てきたりしますが、この呉中の四才の場合は、いくら科挙にアタックしても受からないけれども、それをむしろおもしろがっているみたいなところがありました。真剣に対応するというよりは、そういう生き方以外の生き方があるとアピールするために、何度も何度もアタックして見せる。深刻がらずに軽いフットワークで、官僚制度をおちょくるというか、そういう形の反逆だと思います。

唐寅と文徴明の詩から

では、唐寅の辞世の詩「伯虎絶筆《はくこぜっぴつ》」をご紹介します。これは非常に有名な作品です。

生在陽間有散場　　生きて陽間《ようかん》に在れば散場《さんじょう》有り

死帰地府也何妨　死して地府に帰すも也《ま》た何ぞ妨げん
陽間地府倶相似　陽間も地府も倶《とも》に相い似たり
只当漂流在異郷　只《た》だ当《まさ》に漂流して異郷に在るべし

［訳］生きてこの世にあればいつかはおひらきになるもの。死んであの世に身を寄せるのもまたけっこう。この世もあの世も似たようなもの。きっとただ漂流して異郷にいるようなものだろう。

あの世もこの世も大差はない。何ものにもとらわれず、漂流するというスタイルで生きた唐寅は、科挙に受かろうが受かるまいが関わりのない生き方、士大夫としての生き方にも違う選択肢があるということを、身をもって示したといえます。中国の科挙というのは、本当に想像を絶するぐらいに中国の知識人の意識を縛りつづけたと思います。しかし、唐寅ら呉中の四才は、これに揺さぶりをかけ、新しい可能性をさぐったといえるでしょう。

次に文徴明の作品「月下に独り坐し伯虎を懐《おも》う有り（月下独坐有懐伯虎）」。これは実に綿々たる詩です。唐寅に送っているのです。唐寅とちょっと離れていたときに、会いたい、会いたいという詩なのです。

経月思君会未能　経月　君を思うも　会すること未だ能わず
空牀想見擁青綾　空牀　見《あ》わんことを想いて　青綾を擁す

若非縦酒応成病　若《も》し酒を縦《ほしいまま》にするに非ざれば　応《まさ》に病を成すべし
除却梳頭即是僧　梳頭を除却すれば　即ち是れ僧なり
友道如斯誰汝念　友道　斯《か》くの如く　誰か汝を念《おも》わん
才名自古得人憎　才名　古より人の憎しみを得るなり
夜斎対月無由共　夜斎　月に対するも　共にする由《よし》無し
欲賦幽懐思不勝　幽懐を賦さんと欲するも　思いに勝《た》えず

［訳］何か月もきみのことを思っているのに、まだ会えず、人のいない寝台を見ては会いたいと思い、青いあや絹の掛け布団を胸に抱える。きみは飲みたいだけ飲んでいるのでなければ、きっと病気になっていることだろう。結い上げた頭髪をとりのぞいたら、たちまちそのまま僧侶だ。友だちとしてこれほど誰がきみのことを心配していることだろう。才能があるという評判は昔から人に憎まれるものだ。夜の書斎で月と向き合っていても、その美しさを共に愛でるすべもなく、胸にいだく思いを著そうとしても、思いの深さにうちのめされるだけ。

この訳を読んでいただいたら分かると思いますが、これは本当に恋人に対するような詩です。中国の詩にはあまり恋歌はないと言われている。その代わりに友情の歌があるとされます。唐寅は、頭こそ剃りませんでしたけれども、ほとんど仏道に帰依しておりました。六如《りくにょ》と号していたぐらいです。この詩は、そうした唐寅の姿を描いた部分を除けば、本当に女性に対して送っているようにみえます。

昔の中国の人は、親友同士というのはだいたい同じベッドで寝て、語り合うのが普通です。それで日本人がびっくりして、妙な関係ではないかと思ったりしますが、そうではありません。そういう風習をふまえて、ベッドで一晩中語り明かしたいものだとうたっているのです。それほどお互いに信頼し合っていた仲だということですね。

今言いましたように、この呉中の四才というのは、田舎というか、田園に引っ込んで田を耕すわけではない。そして、自然の中に生き、だれとも、人と付き合わないというわけでもない。町のど真ん中で、自分のかいた書や画を売りながら生きた。権力者のパトロンも持たず、自前の生き方をしました。そういう形での士大夫の自由な生き方が明代の中期ぐらいから現われはじめたことを、呉中の四才は示しています。

揚州八怪

職業としての文人画家

最後の揚州八怪は画家グループです。彼らが活躍した舞台は十八世紀、清代の揚州です。さっきの呉中の四才は大商業都市の蘇州でしたが、今度は揚州、塩商人の根拠地として発展した大商業都市で、塩業によって莫大な利益を得た大塩商がいました。

八怪は金農《きんのう》・鄭板橋《ていはんきょう》・李鱓《りぜん》・黄慎《こうしん》・羅聘《らへい》・李方膺《りほうよう》・汪士慎《おうししん》・高翔《こうしょう》。この時期の文人画家をさらに加える説もありますが、だいたいこのメンバーです。「怪」というのは、要するに型破りということで、この八人は型破りな画法で知られ、生き方においても自由奔放な人たちでした。

彼らになりますと、呉中の四才よりさらに変化がすすみ、完全に職業としての文人になります。唐寅など、たぶん書や画を売っているといっても決まった価格があるわけではなかったでしょう。報酬は相手の気持ちしだいであり、いくらとこっちが言うわけにもいかない。むろん画商がいるわけでもない。いわばお布施であり――お布施というのもおかしいですが――、これでは自立して生きていくといっても、なかなか大変です。唐寅とか文徴明みたいな超有名な人はそれでやってゆけるでしょうが、それにしてもきちんとしたプロの仕事とはいえません。揚州八怪になると、プロの画家としての生き方、書家としての生き方が現れてきます。

画法・画題をめぐって

揚州八怪については、絵画などをご覧になったことがあるのではないでしょうか。八怪のリーダー格は金農という人です。金冬心《とうしん》とも言われます。遍歴の画家だったのですけれども、六十歳を越してから揚州に落ち着きました。

中国の文人画は画と書から構成されます。画の部分に書が入ってきて、書と画が拮抗してはりあっているみたいで、そういうところが大変おもしろいのですが、彼は角張った金釘流みたいな風変わりな書をあらわしました。彼は碑文を探索する金石学《きんせきがく》の素養がありましたから、それも背景になっているのでしょう。画はデッサン風で、タッチが力強い。この書と画が組み合わされた作品は、ものすごく生き生きした、独特の雰囲気をもっています。生き方も変わっていて、六十になるまでふらふら、各地をさまよっていましたし、いつも一文無しで、たまに画のお金が入ってもすぐ使い果たしてしまったというようなエピソードがある人です。

画題でおもしろいのは、金農の弟子である羅聘が描いた幽霊画です。中国では、妖怪とか幽霊とか、唐代伝奇以来、お話の世界にはいっぱい出てくるのですけれども、画題になることはほとんどありません。日本には平安朝の頃から、百鬼夜行みたいな画題がありますが、中国にはそういうのはなかったのです。ところが、この羅聘の描いた「鬼趣の図」には、いろいろ幽霊とか妖怪変化が出てきます。たとえば、枯れ木のところにヒューっと同じ枯れ木みたいな骸骨が立っているとか。全体に暗いトーンです。幽霊画は、日本の方がはるかに早くから発達していると思いますが、中国では十八世紀になってから、こういうものが現れました。

鄭板橋の生き方

八怪のメンバーのうち、鄭板橋——本名は鄭燮《しょう》といいます——、彼だけが科挙に合格していますが、他は全員やはり落第です。みな科挙を受験するだけの教養は身に付けているのですけれども、このあたりになるとますます自由奔放な人は受からなくなったのか、ダメでした。しかし、鄭板橋は器用で、画もすばらしいですが、八股文なんてすぐに書けてしまうという器用さもありました。

鄭板橋のお父さんとおじいさんは科挙に受からなかった不遇の知識人です。さらにまた、実の母も次に来たお母さんも、彼を可愛がってくれたけれども、早く亡くなり、極貧の少年時代を送りました。彼は幼いころ、お父さんに勉強を習い、それから、塾に行って勉強を習い、ちゃんと基礎教養は身に付けていました。しかし、経済的事情もあって、なかなか科挙に合格できない。そこで二十代の半ばで塾の教師になりました。だいたい、不遇の知識人のやる仕事といえば、家庭教師か、あるいは、村とか町の塾の先生にきまっています。塾といっても今の塾と違いまして、地方の有力者の私塾です。そこで自分の子どもとか親類の子とか、それに附随してその周辺の子にも、勉強を習わせるのです。そういうところに、科挙に受からない知識人は先生として雇われるのです。

たとえば、『儒林外史』を書いた呉敬梓《ごけいし》も、『聊斎志異』の作者の蒲松齢《ほしょうれい》も、ずっと塾の先生をしていました。それで生計を立てたわけです。鄭板橋もそれで生計を立てていたのですが、こんなことをしていてはダメだということで、大都会の揚州へ行きました。彼はもともと画もうまいし書もうまかったので、しばらく売文、売画の生活を続けますが、またこんなことではダメだと、中年になって勉強し、四十四歳のときに科挙に合格します。これは非常に珍しいキャリアです。けれども、中央に行くほど優秀ではなくて、有能な県知事として十年余り役人生活を送りました。

鄭板橋は、非常に貧しいところから出てきた人ですが、大変身ぎれいな人でした。貧しいところから出てきた人のなかには、出世すると急にすごく貪欲になって、どんなお金でも欲しいというふうになる人もいますけれども、鄭板橋は自分の経てきた生活をけっして忘れなかった。昔の中国の役人というのは、給料がほとんどないのですね。科挙に受かった進士が地方官僚になっても、給料はほとんどない。どうするかというと、貢ぎ物をもらうのです。賄賂とかをもらう。だから、地方官を三年やると、普通、一生食べるに困らないほどのお金が貯まるといわれます。しかし、鄭板橋は潔癖で、そういうことを非常に嫌った。何か持ってきても、いりませんとはねつけると、変人だと嫌われるわけです。だから地方官を十年やったけれども、けっきょく周りの人とうまくいかなくて、辞職をして揚州へ帰った。そして、また元の生活に戻ります。

鄭板橋も、金農と同じように竹とか蘭などを好んで描きました。書はいろいろな字体を混ぜ合わせた「六分半書《ろくぶはんしょ》」を得意としました。やがて鄭板橋の書画の評判はどんどん上がります。ついには策略を弄し、だまし取ろうとする者まで出てきました。画商もいるのだけれども、これがまたあてにならない。画を渡したらそれっきりというケースが多い。公定価格なんかないから、取られたら取られっぱなしになることもあるというしまつでした。

大塩商のパトロンでも持っていれば、心配はないかもしれません。大塩商はものすごく立派な庭園やお屋敷を持っており、貧しい画家とか文学者とか学者を邸内に住まわせ、生活のめんどうをみてくれたりします。しかし、そこへ入ってしまうと、パトロンに寄生することになってしまう。何とか自立したいと考えた鄭板橋は、自分の書とか画の値段表を作成します。それが「板橋潤格《じゅんかく》」で、「潤格」とは「揮毫料のきまり」という意味です。値段を公示することで、書家や画家が自立していくのが困難な状況を打破しようとする宣言でした。

では鄭板橋がどのようにして自分の作品の値段を決め、公示したか。「板橋潤格」からその一部を見てみましょう。

大幅六両、中幅四両、小幅二両、条幅対聯一両、扇子斗方五銭。凡《およ》そ礼物食物を送るは、総《す》べて白銀の妙為るに如《し》かず。公の送る所、未だ必ずしも弟《てい》の好む所にあらざればなり。現銀を送らば則ち中心より喜楽し、書画皆《み》な佳し。

［原文］　大幅六両、中幅四両、小幅二両、条幅対聯一両、扇子斗方五銭。凡送礼物食物、総不如白銀為妙。公之所送、未必弟之所好也。送現銀則中心喜楽、書画皆佳。

大幅・中幅・小幅は絵の幅ですね。大きな幅のものは六両、中ぐらいの幅のものは四両、小さい幅のものは二両、掛軸・対聯――対聯というのは中国でよく見られる、門の両側に張ってあるものですが――は一両、扇子・斗方――斗方というのは大きな字の張り物ですが――は五銭。

この次がおかしくて、礼物や食糧――礼物というのは贈り物ですね。だから、品物ですが――を贈られるより白銀（現金）の方が好きです。あなたの贈ってくださる物が、私の好きな物とは限らないからです。現金を贈ってくだされば、私は心からうれしく、書も画もすべてよくなります、と述べています。

なかなか知識人でこうまではっきり言えないと思います。お金のことを言うと、厚かましいとか欲張りだみたいに思われるのではないかと、思って言わないけれど、実は気になっているみたいな、そういうことをスパッと言っています。呉中の四才はここまでは開き直ってはいません。彼らもどういう形で収入を得るかについては、はっきりさせないままだったと思います。

十八世紀の清代中期、ここまでくると、鄭板橋のように、こういう非常にはっきりした形で自立的に生計の基盤を立てるという形の隠者、市隠が出現してきます。だれのお世話にもならず、自由に生きうる可能性が出てきたわけです。

東晋の陶淵明から清代中期の揚州八怪まで、ざっと、異才隠者の系譜をたどってきましたが、この間、千五百年近い時間が経過しています。この時代の流れのなかで、異才隠者の生き方もずいぶん変化してきました。

まとまりませんが、中国の隠者も、時代とともに変貌しながら、自由に生きようと苦慮し格闘し続けたのだとお考えいただけたらと思います。

（『国語教育研究誌』四二、二〇〇六年三月）

［補］私の「漢文ベストスリー」

一　諸葛亮「出師の表」

諸葛亮（一八一〜二三四）あざな孔明は、二〇七年、荊州（湖北省）の襄陽郊外に隠棲していたとき、劉備（一六一〜二二三）に、「三顧の礼」を以て迎えられ、意気に感じて、その軍師となった。以来、持論の「天下三分の計」を実現し、劉備に根拠地を得させるべく、諸葛亮は知謀の限りを尽くした。

二〇八年、おりしも大軍を率いて曹操が南下、諸葛亮は得意の弁舌を駆使して呉の孫権を説得し、劉備と連合して曹操に当たらせた。この結果、劉備と孫権の連合軍は、「赤壁の戦い」で曹操軍を撃破、大勝利を得た。

これを機に、天下三分の計は一気に軌道に乗る。二一四年、諸葛亮の輔佐よろしきを得た劉備は蜀（四川省）を支配下におさめ、ついに念願の根拠地を獲得、曹操の息子曹丕が立てた魏王朝に対抗して、蜀王朝を立てるに至る。しかし、その二年後の二二三年、劉備は諸葛亮に愚かな息子劉禅を託して死ぬ。

劉備の信頼にこたえ、誠心誠意、愚かな劉禅を輔佐し、蜀の国力を充実させた諸葛亮は、二二七年、超大国魏との戦い（北伐）に踏みきる。「出師の表」は、このとき諸葛亮が劉禅に捧げた文章である。

臣もと布衣《ふい》、躬《み》ずから南陽に耕す。苟《いやし》くも性命を乱世に全《まっと》うし、聞達《ぶんたつ》を諸侯に求めず。先帝、臣の卑鄙《ひひ》なるを以てせず、猥《みだ》りに自《みずか》ら枉屈《おうくつ》し、三たび臣を草廬《そうろ》の中に顧み、臣に諮《はか》るに当世の事を以てす。是《こ》れに由《よ》りて感激し、遂に先帝に許すに駆馳《くち》を以てす。

云々と、劉備との交情を感慨深くふりかえりつつ、北伐にかける不退転の決意を述べる、この「出師の表」こそ、乱世の大いなるロマンティスト、諸葛亮の不屈のパトスを伝える、古今の名文にほかならない。

ちなみに諸葛亮は、二三四年、五丈原の陣中で病没するまで、五回（六回ともいう）にわたり、執念の北伐を繰り返したのだった。

二 蘇軾「赤壁の賦」

北宋の大文人蘇軾《そしょく》(一〇三六～一一〇一。東坡《とうば》は号)は、官僚間の派閥抗争に翻弄され、左遷されたかと思えば、中央に呼びもどされ、最晩年にはついに南の果ての海南島に流されるなど、めまぐるしい運命の転変を味わった。

しかし、いかなるときも蘇軾はあふれるように創作しつづけた。その生涯で作った詩は約二千八百首、散文もまたおびただしい数にのぼる。彼は文学者として傑出していたのみならず、超一流の画家であり書家であり、料理、医術、薬学、土木建築にも造詣が深く、斬新きわまりないアイデアを次々に思いついた。要するに、稀代の多芸な人だったのだ。

性格は明朗闊達、すこぶる楽天的で、どんな苦境に陥っても、多角的な才能を発揮し、たちまち楽しむ材料をみつけだす。蘇軾はまさに人生の達人であった。

名文中の名文「赤壁の賦」は、一〇八二年、蘇軾が第一回目の流刑地、黄州(湖北省)にいたころ、曹操が孫権・劉備の連合軍に大敗北した赤壁の古戦場を訪れたさいに、書かれた作品である。このなかで、蘇軾はまず、

「月明らかにして星稀《まれ》に、烏鵲《うじゃく》南に飛ぶ」とは、これ曹孟徳(曹操のあざな)の詩にあらずや。(中

略）槊《ほこ》を横たえて詩を賦《ふ》す、固《まこと》に一世の雄なり。而今安《いまいず》くに在りや。

と記し、戦いを前に、槊をかかえて詩を作った一世の英雄曹操とて、いまや時間の彼方に消えうせ、影も形もないと詠嘆してみせる（「月明らかにして星稀に、烏鵲南に飛ぶ」は曹操の詩「短歌行」の一節で、この詩は赤壁の決戦をひかえ、長江（揚子江）に浮かべた船で酒宴を催したとき、高まりゆく激情のままにつくったとされる）。

しかし、蘇軾のこの作品において最終的に、こうした詠嘆の感情は、楽天的な快楽の哲学によって、きわめて晴朗に否定される。人間が刻む歴史も、よりマクロな視点からみれば、「造物者の無尽蔵」、すなわち悠久の自然に包みこまれているのだから、いたずらに悲観せず、今このときを思う存分楽しむべきだ、と。

「赤壁の賦」こそ、人生無常の詠嘆を止揚し、楽しく生きる人生の達人、蘇軾の真骨頂を、みごとにあらわした傑作だといえよう。

三　劉義慶編『世説新語』「夙恵篇」

『世説新語』は、五世紀中頃、南朝宋の劉義慶《りゅうぎけい》（四〇三〜四四四）らによって編纂された、魏・晋の名士のエピソード集である。一一三〇条にのぼるエピソードを三十六の部門に分類して成る、まことにおもしろい書物だ。

ここに収められたエピソードの多くは、機知に富んだ会話のやりとりが、一世を風靡した魏・晋の貴族社会を舞台とする。独特の美意識に浸されたこの社会では、大人から子供まで、なべて鋭敏な言語感覚の持ち主が称賛をあびた。『世説新語』は、こうした時代のエトスを多様な視点から映し出す。

ちなみに、『世説新語』には、聡明な子供の話をとりあげた「夙恵篇《しゅくけいへん》」という部門がある。ここに、幼にして聡明をうたわれた、江南の亡命王朝東晋の第二代皇帝明帝（二九九〜三二五）の有名なエピソードがみえる。

明帝がまだ数歳だったころ、すでに異民族の支配下にある長安から、お客がやって来た。このとき、父の元帝は明帝に、異民族に追われて江南に渡ってきた事情を、つぶさに語り聞かせ、「長安とお日さまとどちらが遠いと思うかね」とたずねた。明帝は、

日遠し。人の日辺《じっぺん》より来るを聞かず。居然《きょぜん》として知るべし。

（お日さまが遠いよ。お日さまのところから人が来たって聞かないもの。ちゃんとわかるよ）

と答えた。元帝はなんと賢い子かと感心すること、しきりだった。

翌日、大勢の臣下の前で、もう一度、同じことを聞くと、なんと明帝は先の発言をひっくりかえ

し、お日さまのほうが近いと言う。慌てた元帝が理由を聞くと、明帝は、

目を挙ぐれば日を見るも長安を見ず。

（目をあげたらお日さまは見えるけれど、長安は見えないもの）

と答えたのだった。

巧まずして当意即妙、子供にまで及ぶ絶妙なユーモア感覚と言語センス。このユーモラスな名文を筆頭に、『世説新語』には目から鱗が落ちる、名文・名文句が満載されている。

（『漢文教室』一八三、特集「高校生に読ませたい漢文の名作ベスト3」、一九九七年五月号）

Ⅱ　本をめぐる風景

同じ漢字でも中国語は外国語——辞典遍歴のすすめ

中国語は、漢字に慣れた日本人にとって、一見、たいへんとっつきやすい。中国語をぜんぜん知らなくとも、共通する単語も多いから、それを拾い読みするだけでも、だいたい意味がわかる。否、わかったような気がする。本当のことをいうと、これが怖いのである。

第一、同じ漢字といっても、発音が日本語とまったくちがうから、字を見ればわかっても、発音されると全然わからない。また、同じ単語でも、日本語とはまったくちがった意味を持つものも少なくない。たとえば、「手紙」は中国語ではトイレットペーパー、「汽車」は自動車、「老婆」は女房（老若に関係ない）、「丈夫」は亭主、という意味になる。こうなると、なまじ漢字を知っていることが、かえって混乱のもとになりかねない。

そこで中国語は漢字を使ってはいるものの、日本語とはぜんぜん体系の異なる外国語だと観念することがまずもって必要になってくる。最初はどんな単語を見ても、生半可にわかった気にならずに、中国語辞典（中日辞典）を引いてみること。いまや中国語辞典も花盛りで、多種多様なものが出版されているが、どれも中国語の発音に合わせて、アルファベット順に配列されているから、繰り返し引いているうちに、中国語は外国語だということが、自ずと頭にインプットされる。

あとは他の外国語の辞典に対するときと同様、いちばん最初に書いてある訳語だけを見るのではなく（時々、最初の訳語だけ拾って綴り合せ、珍無類、抱腹絶倒の翻訳をする人がいる）、「辞典を読む」つもりで、さまざまな用例に目をとおしたい。

中国語辞典はここ数年で、ほんとうに種類がふえ、必要最小限の言葉を収録したコンパクトなものから、古典小説や戯曲の用語までカバーした巨大なものまで、それぞれ特色をもつ充実した内容のものが多くなった。言葉の意味を求めて、さまざまな辞典を遍歴してみるのも一興であろう。


（原題「言葉の意味求めて辞典遍歴」。『週刊読書人』一九九四年三月二五日）

中国のことば、日本のことば

膠着《こうちゃく》語に属する日本語は助詞の「てにをは」を用い、切れ目なく前の語を受け、後ろの語へとつないで、センテンスを構成してゆく。これに対し、孤立語に属する中国語は「てにをは」なしに語を並べ、語順によってセンテンスを形成する。このように、連続性を旨とする日本語はヴァイオリンに、断続性を旨とする中国語はピアノに、しばしばたとえられる。

抽象的な話はさておき、見やすい具体的な例を挙げてみよう。現代中国語で愛の告白をするとき、ふつう「我愛你《ウォーアイニィ》」と言う。いうまでもなく、「我」が主語、「愛」が動詞、「你（きみ、あなた、おまえ）」が目的語である。古典的な文言（書き言葉）に置き換えても、「我愛汝」と二人称の表現が変わるだけだ。これを日本語にすれば、必ず「てにをは」を補い、「私は貴方《あなた》を愛する」、あるいは訓読して「我（は）汝を愛す」となる。この例では、漢字三字（三音節）で成り立つ中国語に比べ、現代日本語は八字から九字に膨れあがっている。ことほどさように、古典語、現代語を問わず、中国語の文章を日本語に翻訳すると、どんなに切り詰めても二倍以上の長さになってしまうのである。

しかも日本語の場合、名詞の「愛」が動詞では「愛する」に変化するが、中国語はいっさい無変化で、常に「愛」。名詞であるか動詞であるかは、語の置かれる位置によって決まる。つまるところ、日本語が絶えず語のうちに形態変化する流動性を孕むのに対して、中国語の基本構成単位である漢字は、あくまで凝固した無変化を保ち続けるのである。

語順によってセンテンスを形作ってゆくという面に限ってみれば、中国語はむしろ英語に似ている。「我愛你」と「I love you」の語順は、まったく同一なのだから。ただ、中国語と英語にも決定的な差異がある。すなわち中国語は、それ自体、意味を持たないアルファベットを組み合わせて語を形成する英語と異なり、語の基本構成単位である漢字それ自体に、固有の意味があり、それぞれ自立したイメージ喚起力を持つ。

こうした漢字のイメージ喚起力をフルに活用し、中国語には、複雑な事象をずばり一字の漢字で表現するケースも、まま見られる。たとえば、今から約千六百年前の六朝時代に流行し、その後もえんえんと用いられ続けた「清《チン》」という印象批評用語がある。「清」は、人間にも詩や絵画などの芸術作品にも用いられる褒め言葉だが、これには、すっきりと垢抜けした、洗練された、透明感のある、超越的で浮き世離れした等々、要は「清」という字と音が喚起する、多様なイメージがすべて含まれる。この点からみれば、漢字は形態変化こそしないが、一字一字にすこぶる多様な要素が盛り込まれていることになる。だから、日本語とは違った意味で、これまた大いなる流動性を持つといってもよかろう。

語順が決め手の孤立語であり、しかもその孤立する漢字それぞれが多義的性格を帯びる中国語は、説明抜きで簡潔に、感動の頂点を表現する詩のスタイルにまことに適した言葉にほかならない。それは微妙な意味のぶれを含む漢字を並べ、自ずと簡潔にして複雑玄妙な詩的小宇宙を構築する。ひとつ例を挙げてみよう。唐の大詩人杜甫の「春望《しゅんぼう》」である。

国破山河在　　国破れて山河在り
城春草木深　　城春にして草木深し
感時花濺涙　　時に感じて花（に）も涙を濺《そそ》ぎ
恨別鳥驚心　　別れを恨みて鳥（に）も心を驚かす

烽火連三月　烽火《ほうか》　三月に連なり
家書抵万金　家書《かしょ》　万金に抵《あた》る
白頭掻更短　白頭　掻けば更に短く
渾欲不勝簪　渾《す》べて簪《しん》に勝《た》えざらんと欲す

安禄山の反乱軍に占領され、見る影もなく荒廃した唐の首都長安。杜甫は安禄山軍に捕まり、長安で幽閉されていた時、この詩を作った。しかし、実のところ、この極めて人口に膾炙する詩には、古来、中国でも日本でも、その解釈をめぐり論争の的になっている箇所がある。第三句および第四句がそうだ。

原文にカッコ付きで付した訓読のように、この二句は二様に解釈できる。一つは、「(作者である杜甫が) 多難な時勢を悲しんで、美しい花にも、涙をこぼし、家族との別れを恨んで、鳥の声にも、心を痛める」という解釈だ。「花」と「鳥」は、語順から言えば、主語の位置に置かれているが、中国語の場合、主語は必ずしも動作の主体をあらわすとは限らず、「花に関しては……」「鳥に関しては……」というふうに、主題を掲示するケースも多く、この解釈もむろん成り立つ。

いま一つは、「花」や「鳥」を文字どおり、動作の主体をあらわす主語ととらえ、「多難な時勢を悲しんで、美しい花も、涙をこぼし、家族との別れを恨んで、鳥も、心を痛める」とする解釈である。

「てにをは」を用いず、語順が決め手の中国語なればこそ、こうした多義的な解釈が可能になるわけだが、つまるところ、「春望」の詩的世界は、この二様の解釈が交差し重なり合う地点に、組み立てられていると思われる。荒廃した長安において、花も泣き鳥も心を痛め、そうした風景を幻視する詩人もまた、涙を流し心を痛めるというふうに。

このように、独特の多義性を帯びた簡潔な中国語の詩文を、およそ性質を異にする日本語に移し変えることは、伝統的な訓読法によっても至難の業である。ここに、中国語の簡潔さを生かしつつ、鮮やかに日本語文脈に移植した稀有のケースがある。それを紹介して結びにかえよう。五言絶句「勧酒（酒を勧む）」。ほとんど無名の唐代詩人于武陵《うぶりょう》のこの作品は、井伏鱒二の見事な意訳によって、新たな生命を得たというべきであろう。

勧君金屈巵　　コノサカヅキヲ受ケテクレ
満酌不須辞　　ドウゾナミナミツガシテオクレ
花発多風雨　　ハナニアラシノタトヘモアルゾ
人生足別離　　「サヨナラ」ダケガ人生ダ

（公文教育研究会『文』五二、一九九八年七月）

典型的な辞典依存症

近代以前の中国では、言葉の意味を逐語的に調べる辞書というのは、それほど重視されなかった。辞書を引くよりも、ともかく大量の書物を読み、それぞれの文脈に応じて、さまざまな言葉の意味を自然に感じとってゆくことの方が、大切だと考えられたのである。

東晋の隠遁詩人陶淵明は、「書を読むことを好めども、甚だしくは解することを求めず（読書は好きだが、微に入り細にわたって理解しようとは思わない）」（「五柳先生伝」）と豪語してはばからなかった。この陶淵明のノンシャランで悠然とした読書態度は、長らく後世の中国の文人の理想とされた。それかあらぬか、大中国文学者の吉川幸次郎先生は、学生が授業中、辞書を引こうとすると、いつもきまってこう言われた。「漢字はもともと象形文字なのだから、わからないときはすぐ辞書を引かず、じっと漢字をみつめていなさい。そのうち自然に意味が浮かんできます」。

時移り、現代の中国ではそれこそ奔流のように、辞典（詞典）・事典の出版があいつぎ、歴史・文学のジャンルでは、各作品ごとに分厚い辞典・事典が刊行されるありさま。『三国志』一つとっても、正史用の『三国志辞典』もあれば、小説の『三国演義事典』もある。いちいちつきあっていると、辞典・事典の類いだけで、本棚が満杯になりそうな恐怖にとらわれるほどだ。
この辞典・事典の奔流を見ていると、ますます「甚だしくは解することを求めず」という気にな
るが、さりとて「浅学非才」の身には、やはり辞典・事典は欠かせない。そんなわけで、使用頻度
の少ない大部のものは研究室に鎮座させてあるが、自宅の本棚にも最低不可欠の辞典類を並べてい
る。

古典（文言）用としては、まずかの諸橋『大漢和辞典』（全十三冊）。中国から出版されている『辞源』。いま手元にある『辞源』は、もともと四冊本を一冊に縮印したものなので、字が小さいのが難だが、固有名詞まで念入りに収録した便利な辞典である。しかし、『大漢和』にせよ『辞源』にせよ、とにかく重い。本を読みながら、これらを次々に本棚から引っ張り出していると、肩はこるわ、腕は痛くなるわ、中国古典を読む作業は、肉体労働だとつくづく思ってしまう。

近・現代の白話（口語）用には、数種類の中国や日本の中国語辞典を置いているが、これもご多分に漏れず、いずれもずしりと重い。つい先日も、研究室に置いていた二冊本の大きな中国語辞典がどうしても必要になり、自宅に持って帰ることにした。ところが、これが一冊ゆうに三キロを越える大物であり、二回に分けて持ち帰ったが、余りの重さに途中でへたばりそうになった。実をいうと、この二冊本の大辞典はほんの数か月前、研究室に置こうという気をおこし、うんうんうなりながら、自宅から運んだばかりだった。こんなふうに重い辞書をあっちへ運びこっちへ運びしているうちに、筋骨隆々になってしまうかも知れないと思うと、空恐ろしくなって来る。

このほか、『アジア歴史事典』（全十二冊）をはじめ、中国の地名辞典や職官辞典（歴代の官職についての辞典）等々、中国の歴史や文学の書物を読むのに必要不可欠な辞典・事典が、所狭しとひしめきあい、私の部屋は今やパンク寸前の状態である。また近頃は、日本でもさまざまな意匠を凝らした思想辞典・文学辞典・世界人名辞典等々が続々と刊行され、見ればほしくなって買い込むものだから、本棚の過密度は増すばかり。なんのかんのと言いながら、私はけっきょく、未知の言葉や事象への水先案内人の役割を果たしてくれる、辞典・事典の類いが好きなのかも知れない。

というわけで、陶淵明の悠然たる読書の境地にあこがれながら、中国書を読むとき、ふと気がつくと、私はいつも無意識に重い辞典をひっくりかえし、用例を確かめている。いつのまにやら、事、志に反し、典型的な辞典依存症になってしまったものと見える。

（『週刊読書人』一九九八年三月二七日）

情報が満載の宝庫――東洋文庫

東洋文庫（平凡社）には、中国のみならず、日本やインドなど、さまざまな「東洋」の国々の作品が収められている。ただ、私は中国文学をやっているので、どうしても中国関係に目がいってしまう。文学といわず歴史といわず、中国について考えるとき、東洋文庫は、まさに多種多様の情報を満載した宝庫の名に恥じない。

東洋文庫のうち、読んでいて、文字どおり目からウロコが落ちたのは、マスペロ著・川勝義雄訳『道教』である。「世界でもっとも奇妙な宗教」と称される道教は、「雑にして多端」、要するに非常にややこしいもので、その輪郭をつかむことさえ容易でない。困り果てていたとき、このフランスの大中国学者マスペロの著書を読み、はじめて道教のなんたるかが、わかった気がした。以来、道教といえば、これをめくりつづけ、ついに私の手元の『道教』は、傍線だらけとあいなった。

東洋文庫に収められたと知り、思わず歓呼の声をあげたのは、岡崎文夫著『魏晋南北朝通史　内編』(外編は未刊)である。本書は、昭和初期に刊行されたが、むろん絶版であり、ずっと後になって出た再版も入手困難になっていた。実は、私は古本屋で初版本をみつけながら、タッチの差で人に買われた苦い経験がある。それもあって、「通史」でありながら、ふんだんにエピソードを盛り込み、生き生きと魏晋南北朝時代を浮かびあがらせたこの名著が、東洋文庫で読めるようになったことを、私は格別うれしく思ったのである。

東洋文庫には、そんじょそこらでお目にかかれない奇書も、しっかり収められている。彭遵《ほうじゅん》泗《し》・王秀楚《おうしゅうそ》他著/松枝茂夫訳『蜀碧《しょくへき》・嘉定屠城紀略《かていとじょうきりゃく》・揚州十日記《ようしゅうじゅうじつき》他』も、その一つだ。とりわけ、明末の農民反乱軍のリーダーで、殺人狂だった張献忠《ちょうけんちゅう》の記録『蜀碧』は、まことに珍無類、なまじの小説よりよほど面白い。

面白いといえば、物語を読む楽しみを堪能させてくれるのが、抱甕《ほうおう》老人編／千田九一・駒田信二訳『今古奇観《きんこきかん》』（全五冊）だ。本書は、明末の短篇小説集「三言」および「二拍《にはく》」に収録された、合計二百篇の作品のなかから、四十篇を厳選して編纂された短篇小説アンソロジー（編者も明末の人）である。成熟した表現技法を駆使して、ここに展開される物語世界は破天荒の面白さにあふれ、読みだしたらやめられないこと、請け合いだ。

ちなみに、中国の古典小説をトータルに論じた空前の名著、魯迅『中国小説史略』の新訳（訳者は中島長文。全二冊）も、つい最近、東洋文庫に加わった。精緻の極ともいうべき注を付した本書は、おそらく『史略』翻訳の決定版といえよう。そういえば、この『史略』の訳本もまた、かつて入手困難であり、学生のころ、古本屋を行脚したことを思い出す。

こうして中国思想・歴史・文学の極め付きの名著から、抱腹絶倒の奇書・珍書、洒脱な語り口の随筆に至るまで、中国世界を網羅する東洋文庫は、私にまたとない読書の快楽を味わわせてくれる、得難い文庫にほかならない。

（『週刊読書人』「私の文庫活用法」一九九七年八月一日）

中国ミステリーの楽しみ

私は子供のころからミステリー（探偵小説・推理小説）が好きで、近ごろはさすがにやや抑えぎみになったけれども、面白い作品にめぐりあうと、やっぱりがまんできず、つい夜中まで読みふけってしまう。

今年（二〇〇一年）の三月まで、私は某新聞の書評委員をしていたが、そのときのメンバーに哲学者の木田元先生がおられた。木田先生も頗る付きのミステリーマニアで、面白そうなミステリーが書評候補としてあがるたび、私と争奪戦になった。

そのうち、お互いに相手の好みがわかってきたので、「この本は木田先生好みだからはずそう」とか、いろいろ作戦を練るようになったが、それでも、ときには奪い合いになった。どうしてその本が読みたいか、双方で理由を述べ合っても、けりがつかないときは、ジャンケンをした。しかし、困ったことに、木田先生も私もジャンケンが下手なので、二人でえんえんとジャンケンしつづけ、ほかの書評委員からよく呆れられた。

ちなみに、木田先生はミステリーのみならず、テレビの二時間物のサスペンス・ドラマも大好きで、どんなに忙しいときでも、これを見終わってからでないと、仕事に取りかかれない由。実は、私も同じで、始まって十分もしないうちに犯人が分かるような、つまらないサスペンスでも、最後まで見ないとおちおち仕事もできない。

もっとも、私の場合は子供のころ、毎晩のように映画館に通ったので、習い性となり、何でもいいから映像ドラマを見て気分転換しないと、モノを考えられなくなってしまったのかもしれない。木田先生は齢《よわい》七十をこしておられるのに、次々にすばらしい哲学的著作を刊行される一方、こうして世俗のもろもろの事件を扱う、ミステリーからサスペンス・ドラマまで手をのばされるのだから、まことに好奇心旺盛、タフそのものである。私もそんなタフさを身につけたいものだと、つくづく思う。

だからというわけでもないが、私はこのところ、文字通り趣味と実益を兼ねて、中国の古典ミステリーを集中的に読んでいる。中国では明・清の時代に、名裁判官が快刀乱麻を断つごとく、難事件を解決するさまを描く「公案小説（事件小説）」が大流行した。

公案小説のトップスターは、なんといっても包拯《ほうじょう》（九九九〜一〇六二）である。包拯は北宋時代に実在した高名な清官（清廉潔白な官僚）であり、裁判沙汰でも手腕を発揮したことが、確かに歴史書にも記されている。

その後、包拯の評価は語り物や芝居などの世界でしだいに高まり、超能力的な名裁判官として圧倒的人気を博するようになる。十六世紀の明末に編纂された公案小説集『包公案（龍図《りゅうと》公案）』（作者不詳。白話すなわち口語で書かれた約百篇の短篇を収録）は、北宋以来、伝承されて来たさまざまな包拯説話を集大成したものにほかならない。

『包公案』に描かれている包拯のイメージは、ほとんど魔術師に近い。現代の本格派ミステリーでは、幽霊のような超現実的要素を使ってはならないという鉄則がある。しかし、『包公案』の場合、包拯が幽霊や神秘な現象に触発されて、事件の謎を解くヒントを得るというケースが多い。

たとえば、犯人がわからず思い悩んでいる包拯の前に、ヒラヒラと「孔《あな》のあいた葉っぱ」が飛んで来る。それによって、包拯は犯人の名が「葉孔《ようこう》」であることに思い至る、という具合なのだ。また、やはり犯人の名がわからず、包拯が考え込んでいると、「猿（中国音ではユアン）」が窓からのぞき込み、これで犯人の名が「袁（中国音ではユアン）」であることにはたと気づくという話もある。

今あげたのは、いたって単純なケースばかりだが、現代本格派ミステリーの鉄則などどこ吹く風。なんともすっとぼけた味わいがあり、読んでいて実に楽しい。というわけで、私は目下、暇さえあれば『包公案』に読み耽り、抱腹絶倒する日々を送っているのである。

（『北國新聞』「北風抄」二〇〇一年九月三〇日）

ミステリー狂いも病膏肓

私は子供のころから探偵小説が好きで、とりわけ少年・少女向きに書かれた江戸川乱歩の作品を、文字どおり寝食を忘れて熟読した。乱歩物でとりわけ好きだったのは、「紅ばら令嬢」と題する作品だった。ふだんは優雅な「令嬢」が、掌《てのひら》に紅ばら模様のアザが浮きだしてくると、突然、大胆不敵な怪盗に変身するというものだ。この令嬢から怪盗にガラリと変身する瞬間が、なんともスリリングに描かれており、夢中になった。

実は、行きつけの貸本屋でこの本をみつけ、何度も借り出して読むうち、どうしても自分の手元に置きたくなり、何軒も本屋を回ってさがしたが、けっきょくみつからなかった。大人になってからも気になり、思い出すたびにさがすのだが、今に至るまで「紅ばら令嬢」と再会できないままだ。最近、中国では、新旧とりまぜ日本のミステリーが大量に翻訳・刊行されており、江戸川乱歩の少年・少女向け作品のアンソロジーも、『黄金仮面人』(時事出版社、二〇〇一年)と題して刊行された。もしかしたらと期待しながら、目次をみたが、やっぱり「紅ばら令嬢」はなかった。

それはさておき、私の探偵小説狂いは中学生になったころパタリとやんだが、二十代後半に「再発」し、以来二十年余り、今度は欧米のミステリーを浴びるように読みつづけた。アガサ・クリスティの全作品が文庫版になったときなど、毎月、刊行されるのが待ち遠しく、出るたびにせっせと読んだ。今も私の研究室の本棚には、文庫版クリスティ全集がずらりと並んでおり、もう少し時間ができたら、全巻再読したいものだと思っている。

私の探偵小説狂い・ミステリー狂いも病膏肓《やまいこうこう》に達したのか、最近、たまたま機会があって、古代から近代に至るまで、中国のミステリー作品を集中的に読んだ。中国において、ミステリーが一つのジャンルとして明確に意識されるようになるのは、十六世紀から十七世紀初めの明末になってからだ。この時期に至り、「公案小説」という中国式ミステリーのジャンルが生まれるのである。ちなみに、「公案」とは「裁判事件」の意であり、「公案小説」は、推理能力抜群の名裁判官が快刀乱麻、もつれた難事件の謎を解き、真犯人を摘発する顚末を描くことを旨とする。形式は短篇、用いられる文体は白話（口語）であり、明末にはこうした数十篇の公案短篇小説を集めた「公案小説集」が数多く刊行された。

明末の公案小説集のうち、断然トップの座を占めるのは、名裁判官包拯を主人公とする『包公案』である。包拯は北宋時代に実在した清廉潔白な官僚だが、後世の芝居や語り物などの民間芸能の世界で、超越的な能力をもつ不世出の名裁判官と化し、民衆世界で圧倒的人気を誇るようになった。『包公案』はこうして伝承された、さまざまな包拯裁判物語を集大成したものである。近代の欧米ミステリーとは異なり、神秘的要素もふんだんに盛り込んだユニークな展開の話が多く、ときに抱腹絶倒しながら、私はこの『包公案』を実に楽しく読んだ。

『包公案』に収録された作品を代表とする公案小説形式は、その後、しだいに変化しながらも、十九世紀末の清末まで、中国ミステリーの主流を占めつづけた。しかし、十九世紀末から二十世紀初頭にかけ、コナン・ドイルのホームズ物やモーリス・ルブランのルパン物が続々と翻訳・刊行され、やがてこれら翻訳ミステリーの影響を受けた新しいタイプのミステリー作家が登場、中国ミステリーは大転換を遂げる。この「近代化」された中国ミステリーにも、まことに興趣あふれる作品があり、読んでいて、私は「紅ばら令嬢」を読んだときの興奮をふと思い出したりした。

しばらく空白期間はあったものの、現代中国ミステリーの世界も活況を呈している気配。私のミステリー狂いも当分おさまりそうにない。

（原題「ミステリの楽しみ」。『潮』二〇〇三年七月号）

『随筆三国志』との因縁

花田清輝の『随筆三国志』は、一九六八年から六九年にかけて雑誌『展望』（筑摩書房）に連載され、六九年十一月、筑摩書房から単行本として刊行された。おりしも大学のキャンパスが立て看板で埋め尽くされた、激動の季節のただなかであった。

　当時、私はドクターコースの一回生（中国文学専攻）だったが、三国六朝文学をやっており、修士論文で杜甫以前、最大の詩人と目される、曹操の息子曹植《そうしょく》をとりあげたり、正史『三国志』の翻訳を分担したりしていたこともあって、『随筆三国志』が刊行されると、すぐ購入し一気に読んだ。どの章もすこぶる面白かったが、とりわけ転変常ない処世を批判され、いたって評判のわるい曹操傘下の文人、陳琳《ちんりん》を「自立の人《ホモ・プロ・セ》」だと評価する「飲馬《いんば》長城窟行《ちょうじょうくつこう》」のくだりに、文字どおり目からウロコ、既成概念がつき崩される快感をおぼえた。また、基礎文献はしっかりおさえながら、いわゆる専門論文の方式にまったくとらわれず、自由かつ大胆に、連想に連想を連ねて筆を進める叙述方法にも大いに刺激をうけた。

　それから十五年後の一九八四年、当時、金沢大学に勤めていた私のもとに、名前しか知らなかったさる雑誌から、「花田清輝のレトリック」について書いてみないかと依頼があった。これを機に、それまで思いつくまま読んでいた花田清輝の作品をまとめて読み、小論を書いたところ、今度は、これを読まれた編集者から連絡をいただき、話がとんとん拍子に進んで、私がこれまで書いた文章をまとめて一冊の本にしてくださることになった（『中国的レトリックの伝統』影書房、一九八七年）。本にするにあたり、「悪態の美学――陳琳について」を書き下ろしたが、これはむろん花田清輝の影響をつよく受けたものにほかならない。こうしてみると、私は花田清輝の著作とりわけ『随筆三国志』から、ほんとうに多大の恩恵をこうむってきたとしみじみ思う。

このたび『随筆三国志』が文芸文庫になるにさいし、じっくり再読したが、最初に読んでから四十年近くも歳月が経過しているにもかかわらず、今なお新鮮であり、無類の面白さをおぼえた。この文庫化を機に、昔からの読者に加え、新たな花田清輝の読者が誕生することを願ってやまない。

（『IN POCKET』講談社、二〇〇七年五月号）

［編者注］井波律子は、講談社文芸文庫『随筆三国志』（二〇〇七年）の解説「花田清輝の読み解く三国志世界」を執筆した。

顧みすれば

私が京都大学文学部に入学したのは、一九六二（昭和三十七）年四月である。現在はどうかわからないが、当時の文学部は一学年二百名であり、教養部二年の間は、選択する二つの外国語の組み合わせにより、四クラスに配属されることになっていた。私は第一外国語にフランス語を選んだため、文学部四組すなわちＬ４に属することになった。まだ女子学生の少ない時代だったが、Ｌ４は半分近くを女子学生が占めており、その意味で高校時代と雰囲気はほとんど変わらなかった。おまけに、私は京都の公立高校（紫野《むらさきの》高校）出身で、大学入学後も自宅通学であり、変わったことといえば、中学、高校の六年間、自転車通学だったのが、バス・電車通学になったことぐらいだった。

というふうに、当初はこれという新たな心がまえもなく大学生になったけれども、いざ大学生活が始まると、大変化の連続だった。まず驚いたのは授業時間である。当時、教養部の授業は一コマ一二〇分（二時間）で、午前中に二コマ、午後に二コマの配分になっており、休み時間はなかった。はじめてこの時間割を見たとき、考えただけで頭が痛くなったが、実際の授業は時に短く時に長く、担当の先生の自由裁量で進められた。近頃、ゆとり教育は評判がよくないようだが、若い学生を一人前の大人と見なしつつ、ゆったり時間割を組んでおこなわれた、この教養部の授業スタイルはすばらしいものだったと思う。

教養部L４の同級生もまことに刺激的だった。尋常ならざる読書家が多く、最初のうちは、彼らの間で飛びかう書名もわからず、これではならじと猛然と本を読みだした。翻訳ばかりだが、フランスのもろもろの詩、小説、評論はいわずもがな、当時は実存主義の時代だったこともあって、サルトルにはじまり、ベルクソンやらデカルトやら、キルケゴールやらニーチェやら、手当たりしだいに哲学の本も読んだ。今から考えてみると、どれほど理解できていたのか、はなはだ心もとないけれども、ともあれ二年間の教養部時代は濫読に明け暮れた季節であった。あんなに大量の本を読んだのは、後にも先にもこの時期だけである。その後何十年もたってから、L４の同窓会が開かれるようになり（今も続いている）、私だけでなく、誰もが自分の無知を恥じて読書に励んだことが判明したものの、あの必死の読書体験から、どれほど多くを得たか、はかりしれないものがある。

ゆったり授業と濫読の時代が終わり、学部に進んだ後、またまたすべてが一変した。私の専攻した中国文学科の主任教授は当時、吉川幸次郎先生だった。濫読の成果か、速読は得意だったが、はじめて本格的に接した漢籍は難解しごくであり、いくら時間をかけてもなかなか歯がたたなかった。しかし、吉川先生の授業を受け、その精緻な本の読み方を目の当たりにするうち、精読のなんたるかがおぼろげにわかるような気がしてきた。だからといって、むろん急に漢籍が読めるようになったわけではないが、粘り強く徹底的に文章を読みとろうとする姿勢だけは、身にしみて理解できた。

以来、学部二年を終えた後も、大学院の修士課程・博士課程、研修員、助手と、あわせて十二年間、中国文学をやりつづけた。教養部の二年を含めれば、なんと十四年もの間、京大に在籍していたことになる。

一九七六年から、私は金沢大学教養部に移り、中国語を教えるようになった。十九年後の一九九五年、国際日本文化研究センターに転勤して京都にもどり、昨年、定年をむかえた。顧みすれば、長の道のりであったが、この間、教養部の自由な雰囲気のなかで体得した濫読・速読の方法と、学部・大学院で習いおぼえた精読の方法を併用しながら、本を読み、ものを書いてきた。まさに習い性となる、というべきであろう。

（「京大広報」六五七、二〇一〇年六月）

※

私のすすめる本

生来不精なせいか、我ながら呆れるほど無芸無趣味で、専門外の本を、無目的にあれこれ読むことが一番楽しい。推理小説も大好きで、どちらかといえば所謂本格物よりも、スリラーとかサスペンスに属するもの、たとえば暗くていささか神経症的な雰囲気を漂わせるジョルジュ・シムノン、ウィリアム・アイリッシュ、ロス・マクドナルド、マーガレット・ミラー（マクドナルド夫人）などの作品に魅かれる。もっとも専門の中国文学の方では、残念ながら、近・現代においてもオリジナルの推理小説はほとんど見当らない。元曲（元代の戯曲）の中に、探偵物めいたものはあるにはあるが、これらは日本の「大岡裁き」に類した筋立てで、推理の面白さ自体を追求したものとはいえない。なぜ中国文学に推理小説的発想が欠如しているか、これは相当興味深い問題ではある。

推理小説のことを語り出すとキリがないから、このへんで「私のすすめる本」に話題を転じようと思うが、系統的な読書などおよそしたことがないので、「すすめる」というのも面映く、そこで、興のむくまま面白く読んで、いつまでも忘れられない本をアトランダムに三冊ばかり紹介したいと思う。

一つは『紅楼夢』である。清の曹雪芹によって書かれたこの未完の大長篇小説は、かつて中国では「紅迷《ホンミイ》（紅楼夢狂い）」と呼ばれる熱狂的な読者層を生んだ。つまり、読者を魅きつけてやまない「魔」のような魅力を、この作品は持っているのである。ここには、やがて没落していく大家の最後の輝きを一身に凝縮させた貴公子賈宝玉《かほうぎょく》と、この白面の青年を取りまく各々に個性的な一群の美少女たちの関わり方が、様々の角度から蜿々と書き綴られており、ヨーロッパの小説とはまた異なった密度の高い幻想世界が作り出されている。

いま一つはボリス・ヴィアンの『日々の泡』。作者はサルトルの友人でトランペット奏者だった由であるが、コランなる青年と「肺の中に睡蓮の花が咲く」という奇想天外の病気にかかって死ぬクロエなる少女との恋の顚末を、シュールレアリスム風に描くこの小説ほど、気障ないい方をすれば、悲しく寒く残酷でありながらどうしようもなく美しい「青春」の季節を、見事に描き出した作品はないと思う。

最後はミシェル・フーコーの『監獄の誕生』。これはまことに歯ごたえのある難しい理論書で、つい最近やっと読み終えたばかりである（勿論翻訳でだが）。現代は管理社会であるとは、ずいぶん前からいわれていることであるが、フーコーはこの書物で「監獄」を基底に据えて、その管理の構造の変遷を歴史的にたどっている。難解で理解がとどかなかった箇所も多々あるが、管理社会・監禁社会の構造を深部からえぐるフーコーの理論的展開は、実に見事で、読んでいるうち次第に背筋がうそ寒くなる恐怖を覚えるほど迫力があった。久しぶりに出会った忘れられない本である。

（「金沢大学教養部報」一九七八年四月一日）

私が推薦する三冊の本

1『三国志』小川環樹他訳（岩波文庫）／吉川英治著（講談社・吉川英治文庫）

『三国志』は、周知の通り、後漢末（二世紀末）の乱世、群雄が雲のごとく群がりおこり、激烈な戦いを繰り返した結果、曹操の魏、孫権の呉、劉備の蜀の三国分立へと天下の形勢が定まっていくプロセスを描くものである。もともと『三国志』というのは、西晋の陳寿《ちんじゅ》（二三三～二九七）という歴史家が著した史書を指し、これに裴松之《はいしょうし》（三七二～四五一）なる人物が史実を補足した詳しい注をほどこして、興趣を増している。

これに対して一四世紀の中頃、明の羅貫中が、それまで数百年にわたって、巷の盛り場で講釈師によりおもしろおかしく語り伝えられた講談のテキストを整理し、ていねいに陳寿の『三国志』の本文および裴松之の注と突き合わせて、大長篇小説にまとめあげた。こちらの方の正式のタイトルは『三国志演義』または『三国演義』という。小説とはいえ、こうした成立の過程から見て明らかなように、『三国演義』は決して荒唐無稽な戦記物ではなく、概して史実にもとづき、未曾有の乱世の中で持てる限りのエネルギーを発揮し、各々の流儀で自らの生を完全燃焼させた人々の姿を鮮やかに描き出している。

ここにあげた岩波文庫版の『三国志』は、この羅貫中の小説『三国演義』の方の全訳であり、吉川英治の『三国志』もまた基本的に同じく『三国演義』をもとにした作品にほかならない。この吉川英治『三国志』は非常によく出来た作品であり、まずこれを一読すれば、壮大な『三国志』世界のエッセンスを堪能することができる。

ちなみに、歴史書の『三国志』についても、裴松之の注釈部分を含めた全訳本が刊行中（筑摩書房）であるから、関心のあるむきに、お勧めしたい。

2『レトリック感覚』佐藤信夫著（講談社学術文庫）

レトリックということばは単純に日本語に置き換えれば「修辞」ということになるが、本書はそんじょそこらにある陳腐で退屈な修辞法の書物とはわけがちがう。本書において著者は、日本語における「ことばのアヤ」に徹底的にこだわり、さまざまな文学者の表現から具体例をあげつつ、その表現のアヤ、つまりレトリックのメカニズムを新たな視点から検討しなおした。この結果、レトリックは単に伝達の効果を高めたり、芸術的あるいは文学的な表現テクニックを高度に洗練したりするためにのみ用いられるのではなく、それを用いる人、すなわち表現者の思考様式や認識のありようと切っても切れない関わりをもつことが、見事に論証された。まさしくレトリックは技術ではなく、思想なのである。自らの言語表現の現実を振り返ってみるためにも、またとない書物だと思われる。

3 アガサ・クリスティの推理小説（早川文庫）

推理小説は現実逃避の文学だと言った人がいるが、いつもいつも現実の瑣事に煩わされていると、本当に精神衛生に悪い。そんな時、私はきまって気分転換にミステリーを読む。内容は現実離れしているほど好ましく、思い切りゴージャスなのがよい。ミステリーなら手当たり次第に読むが、変に社会性を盛りこもうとしているものは、嫌いだ。アガサ・クリスティの作品は駄作が比較的少なく、失望させられることもまれで、後味も悪くない。早川文庫に数十冊入っており、私は全部読んでしまった。後期の作の方がいいと思う。彼女の作品のなかでいちばん好きなのは『スリーピング・マーダー』だが、これは残念ながらまだ文庫に入っていない（早川の単行本にあり）。だいたい失われた記憶をたぐるというテーマが、無性に好きなので、それで、幼年期の記憶と関連する事件を扱ったこの作品に魅かれるのかもしれない。

中国では、小説は元来「消遣《シャオチエン》」つまり暇つぶし、のためのものとして意識されてきた。クリスティの膨大な作品群は、まさに私にとって「消遣」の宝庫である。

（「金沢大学学生部だより」2、一九八九年四月）

こどもに贈る本――日常の地平をはるかに越えた世界に遊ぶ楽しさ

私は子供のころから、徹底的な濫読型で、異文化混淆といえば聞こえがいいけれど、要するに手当たりしだい、なんでも読んできた。小学生のころには、親が買ってくれる童話や、児童向きにダイジェストされた名作物だけでは飽きたりず、毎日貸本屋に通い、少女小説、推理小説、時代小説、マンガなどを、せっせと借りては読みふけった。当時、五指に余るほど出ていた少女雑誌も、毎月ぜんぶ読んだ。名作も駄作も、純文学もエンターテインメントも、なんの先入見もなく読みつづけた私にとって、批評の基準は、それがおもしろいか、おもしろくないか、ということだけだった。この読書の姿勢は、今も基本的に変わらない。

そんなふうに読んだなかで、私がとりわけ好きだったのは、日常の地平をはるかに越えた物語幻想を描く作品であった。ダイジェスト版ながら、H・R・ハガードの『洞窟の女王』、アレクサンドル・デュマの『巌窟王』などは、それこそ何回読んだかわからないほどだ。大人になってから、ヘンリー・ミラーが愛読書のなかに、『洞窟の女王』をあげているのを見て驚嘆し、さっそく全訳本（大久保康雄訳・創元推理文庫）を読んでみたけれど、なぜか子供のころのあのスリリングな感動は、甦ってこなかった。これに対して、やはり大人になって読んだ『モンテ・クリスト伯（巌窟王）』（全七冊・山内義雄訳・岩波文庫）の方は、ダイジェスト版より数段すばらしく、虚構の世界に遊ぶ楽しさを、久しぶりにたっぷり味わうことができた。

こうして子供のころから、たくさん本を読み、日常とは次元を異にする世界に遊ぶ楽しさを、早くから知ったけれども、考えてみれば、これは、すべて文字のみを通じてのことだった。私は一九四四年生まれだが、私の幼いころにも、絵本はむろんあった。しかし、いずれも今となっては曖昧模糊とした印象しか残っていない。きっと当時は、子供の意識と視覚に強烈なインパクトを与える絵本が、まだ存在していなかったのだろう。だが、このごろは、もし幼いころ、こんな絵本があったらどんなにか幸せだっただろうと思われる、素敵な絵本がたくさんある。そんななかから、ここで二つばかり紹介しておきたい。

一つは、モンゴル民話をもとにした『スーホの白い馬』（大塚勇三再話・赤羽末吉画・福音館書店）である。

馬《ば》頭琴《とうきん》というモンゴルの楽器にまつわる物語なのだが、なんといっても、大判の絵本、見開きのページいっぱいに広がる絵がすばらしい。羊飼いの少年スーホが子馬の時から育てた白馬は、やがてたくましく成長し、王が主催する競馬大会に出場、スーホを乗せて矢のように走り、みごと一等になる。ところが、このすばらしい白馬がほしくなった王は、抵抗するスーホからむりやり白馬をとりあげてしまう。こうして身も心もズタズタになったスーホのもとに、数日後、王のもとから白馬が逃げもどって来る。しかし、逃げる時に、王の兵隊が射かけた矢によって傷ついた白馬は、スーホに抱かれてまもなく死んでしまう。悲嘆に暮れるスーホ……。やがて、スーホの夢に白馬が現れ、その骨や皮を使って、楽器を作るようにと言い、作り方を教えてくれる。こうして、人の心を揺り動かす美しい音色をもつ馬頭琴が生まれた。

これはとても悲しい物語である。だが、誌面いっぱいに広がる絵の力によって、モンゴルの雄大な自然のなかを、疾駆する白馬のイメージが鮮やかに浮き彫りにされ、いつまでも消えることのない美しい夢のように、人の心にくっきりと刻みつけられるのだ。悲しくまた美しい、実にすばらしい絵本である。

もう一つは、『きみはなにどし?』(加納信雄文、U・G・サトー絵、月刊「たくさんのふしぎ」一九九三年一月号・福音館書店)という絵本である。

この絵本には、いわゆる子・丑・寅……という「えと(十二支)」について、これが年だけでなく時間の単位にもなることなどを、おもしろくわかりやすく絵解きしたものであり、大人にもとても参考になる。子供のころ、こんな絵本があれば、日本や中国の古典を読むのに苦労しなくてすむのにと、中国文学をやっている私はしみじみと思うのである。

(「DIY」生活クラブ連合会企画部、一九九四年三月一日)

岩波文庫・私の三冊

（1）『陶庵夢憶』（張岱／松枝茂夫訳）

本書は、十七世紀の明末、趣味に徹して生きたエピキュリアン張岱が、そのとらわれのない生の快楽を綴ったエッセイ集である。これを読むたび、のびのびと解放され気が晴れる。

（2）『笑い』（ベルクソン／林達夫訳）

私はどうも深刻荘重ベッタリというのは苦手で、どこか機知や笑いの要素を含んだものが好きだ。笑いについて分析した本書は、そんな私が繰り返し読んだ、偏愛の一冊である。

（3）『愛の妖精（プチット・ファデット）』（ジョルジュ・サンド／宮崎嶺雄訳）

中学時代、はじめて読んだ岩波文庫。あらすじは知っていたが、文庫版を読み、妖精のような魔女のようなヒロイン「こおろぎ」に魅了された。今でも読み返すと時間を忘れる。

（『図書』臨時増刊号［岩波文庫創刊七〇年記念号］、一九九六年一二月）

岩波新書・私の薦めるこの一冊

『新唐詩選』　吉川幸次郎・三好達治

中国文学の魅力を伝える不朽の名著である。中国文学を専攻したてのころ、私は吉川幸次郎先生から、この『新唐詩選』に収録された詩を、原音で音読する訓練を受けたことがある。快い詩のリズムとともに深い海のような中国文学にたちまち魅せられ、以来『新唐詩選』は私の原点となった。

（『図書』臨時増刊号［岩波新書創刊六〇年記念号］、一九九七年一二月）

老年をめぐる私のおすすめ本三冊

（1）アガサ・クリスティ『スリーピング・マーダー』（綾川梓訳、ハヤカワ文庫）

本書に登場するミス・マープルは、クリスティの生んだエルキュール・ポワロと並ぶ老婦人名探偵。経験や記憶をもとに次々に難事件を解決する彼女の姿は実に魅力的だ。

（2）抱甕老人編「灌園叟《かんえんそう》　晩に仙女に逢うこと」（『今古奇観1』所収、千田九一・駒田信二訳、東洋文庫［平凡社］）

花を愛し育てる老人が過酷な試練を経て、心身ともに浄化され仙人になる物語。俗念を断ち切り花に打ち込むそのイメージは、まことにすがすがしくも美しい。

（3）バルザック『ゴリオ爺さん』（高山鉄男訳、岩波文庫）

前の二作における輝かしい老人像とは対照的に、愛する二人の娘にすべてを与えながら、裏切られ、貧窮のどん底で孤独に死んでゆく老人ゴリオの物語。リア王にも似るその姿は老いの無残さ、悲しさを浮き彫りにする。

（『考える人』三一、二〇一〇年二月）

Ⅲ　私の「書いたもの」から——自著を語る

わが備忘録　一九九五〜二〇〇六

日文研は二十周年の由だが、私が日文研に来たのは一九九五年四月だから、これを書いている二〇〇六年十二月初めで、十一年八か月になる。そこで、これを機に、この間に刊行した本を書き連ねつつ、去りにし日々の記憶を書き留めておきたいと思う。

一九九五年

五月　『三国志を行く――諸葛孔明篇』（新潮社）

この本については、なにしろ十九年勤めた金沢大学から日文研に移る間際にゲラが出たため、ダンボールの山の隙間で校正をした記憶がある。日文研には教授会もないと聞いていたが、いざ移ってみると、なるほど教授会はないものの、ほかにいろいろ会議があり、最初は何の会議に出ているのか、さっぱりわからないことさえあった。この年の九月、半年住んだ桂の宿舎から堀川寺ノ内のマンションに引越しした。子供の頃、住んでいた西陣界隈なので、ひたすら懐かしく、暇さえあれば自転車で走り回っていた。

一九九六年

七月『三国志曼荼羅』（筑摩書房）

八月『中国的レトリックの伝統』（再刊。講談社学術文庫）

十月『破壊の女神――中国史の女たち』（新書館）

十二月『中国史重要人物１０１』（編著。新書館）

『三国志曼荼羅』は、九〇年から九五年にかけて書いた「三国志」関係の文章に書き下ろし一篇を加えたもの。『読切り三国志』（筑摩書房、八九年）、『三国志演義』（岩波新書、九四年）、『三国志を行く』（既出）につづく四冊目の「三国志物」である。この年三月、『三国志演義』個人全訳の話があり、オオゴトだなと思いつつ、五、六年をめどに決心して引き受ける。

『破壊の女神』は九四年（十一月）から九六年（七月）まで、『大航海』（隔月刊、新書館）に十一回にわたり連載した「中国史の女たち」を再構成したもの。これも金沢以来の仕事である。毎回三十枚、かなりハードな仕事だった。

『中国史重要人物１０１』は、従来あまりとりあげられていない科学者などにも目配りした編著。

『中国的レトリックの伝統』は、八七年に影書房から刊行された本の再刊。

この年は仕事は忙しかったが、比較的おだやかに過ぎたのか、さしたる記憶もない。

一九九七年

四月　『裏切り者の中国史』（講談社選書メチエ）

九月　『中国文学——読書の快楽』（角川書店）

『裏切り者の中国史』は書き下ろし。過労のせいか一月に激痛とともに耳下腺が腫れあがる（唾石症らしいが詳細は不明）。編集者もまぶたが腫れ、「これは腫れますね」と大笑いする。以来、今なお時に症状がでる（薬をのむとすぐ痛みも腫れもひく）。『中国文学』は九三年からこの年初めまでの文章に書き下ろし一篇を加えたもの。この年も平穏に過ぎたとおぼしい。

一九九八年

四月　『中国的大快楽主義』（作品社）

十月　『百花繚乱・女たちの中国史』（日本放送出版協会）

『中国的大快楽主義』は快楽主義に関わる文章と書き下ろし四篇、および短篇小説の翻訳一篇を合わせたもの。書き下ろし同然のエネルギーを費やす。『百花繚乱』は「ＮＨＫ人間大学」（同年十月〜十二月）のテキスト。『破壊の女神』をもとにしている。
この年から三年間、朝日新聞の書評委員になり隔週に東京へ行く。また、総研大の国際日本研究専攻の専攻長となる。予期せぬ役職をふりあてられ困惑したが、女の人は実務を担当できないとされ、後の人の迷惑になってはいけないという、殊勝な気持ちもあって引き受ける。のちのちこの殊勝さがアダとなったような気もする。いろいろあって忙しい年だった。また、この年から『演義』の翻訳にも本腰を入れ、家でも研究室でも「隙間家具」と称して、いつでもどこでも、まさに「寸暇を惜しんで」取り掛かる態勢に入る。

一九九九年
十二月『中国のグロテスク・リアリズム』（再刊。中公文庫）
九二年に平凡社から刊行されたものの再刊。この年は『演義』の翻訳をつづけながら、翌年に出る本を書いていた。役職から解放され、たぶん少しのんびり過ごしたのだろう。

二〇〇〇年
三月『中国文章家列伝』（岩波新書）
十一月『中国幻想ものがたり』（大修館書店）

『中国文章家列伝』は書き下ろし。十人の文章家の作品と伝記をたどったものだが、とても苦労して調べながら書いた記憶がある。『中国幻想ものがたり』は大修館の『月刊しにか』に、九七年四月から二〇〇〇年三月まで、三年にわたって連載した文章をまとめたもの。

この年四月、総研大文化科学研究科の科長になる。難問が次々にふりかかったため、研究室で待機する時間もふえた。おかげで『演義』の翻訳が進み、先が見えてきた。しかし、疲れが出たのか、十一月末ヘルペスになり激痛にあえぐが、幸い一か月で完治する。

二〇〇一年

三月『中国の隠者』(文春新書)

これは文藝春秋社の『本の話』に、二〇〇〇年一月から二〇〇一年三月まで連載した十五篇と書き下ろしの一篇を合わせたもの。

この本が出た翌月、浄土寺のマンションに転居。また同月、情管長となる(二〇〇四年三月まで)。五月に河合所長から山折所長に交替。いやはや大変な月日の始まりであった。しかし、『演義』の翻訳も大詰めに入って加速度がつく。この経験でいつでもどこでも仕事ができるようになったのは、貴重な収穫だった。

二〇〇二年
十月〜十二月『三国志演義』（個人全訳。全七巻）第一巻〜第三巻（ちくま文庫）
十二月『中国文学の愉しき世界』（岩波書店）

三月に『演義』翻訳完了。六年がかり、総枚数は四百字詰で四千枚を超える。さすがに達成感があった。以後、校正に追われる日々がつづく。十月に第一巻が出たときには茫然自失だった。『中国文学の愉しき世界』は九六年からこの年初めまでに書いた文章と書き下ろし一篇を合わせたもの。この年は会議漬け、疲労感（徒労感）がつのる一方だった。

二〇〇三年
一月〜四月『三国志演義』第四巻〜第七巻（ちくま文庫）
一月『酒池肉林』（再刊。講談社学術文庫）
十一月『中国ミステリー探訪』（ＮＨＫ出版）

四月で『演義』全七巻刊行完了。ほんとに大仕事だった。『酒池肉林』は九三年に講談社現代新書から出たものの再刊。『中国ミステリー探訪』は、もともと『京都新聞』朝刊に七十三回にわたり連載したもの（二〇〇一年九月〜二〇〇二年八月、二〇〇二年十一月〜二〇〇三年四月。いずれも毎週火曜掲載)。時間をやりくりして、古代から現代まで中国ミステリーを読みふけるのは、無上の快楽だった。
この年も会議漬けの日々がつづき、ほとほとくたびれはてる。

二〇〇四年
一月『「三国志」を読む』(岩波セミナーブックス)
七月『故事成句でたどる楽しい中国史』(岩波ジュニア新書)
『「三国志」を読む』は二〇〇二年十月におこなった「岩波市民セミナー」の記録に加筆・訂正を施したもの。『故事成句でたどる楽しい中国史』は書き下ろし。
三月末、情管長任期満了。やれやれ、これで責めは果たしたという気分である。四月、日文研法人化。

二〇〇五年
二月『奇人と異才の中国史』(岩波新書)
九月『三国志名言集』(岩波書店)
十二月『中国の名詩101』(編著。新書館)

『奇人と異才の中国史』は、もともと『中日新聞』夕刊につごう五十三回掲載したもの（二〇〇四年十月から十二月まで、月曜から金曜まで毎日掲載）に加筆・訂正を施し、再編成して成ったもの。『三国志名言集』は書き下ろし。校正がたいへんだった。『中国の名詩101』は、古代から現代までいささか歯ごたえのある詩を意識的にセレクトして編んだもの。

この年三月、パソコンの打ち方がわるかったのか、右手の人差し指が瘭疽《ひょうそ》になり、またまた激痛に悩まされる。日文研に赴任してこのかた、大病はしないが、唾石、ヘルペス、瘭疽と、はなばなしく痛い病気にばかりかかる。困ったことである。

二〇〇六年

一月　『『論語』を、いま読む』（共著。編集グループSURE）

今年はこの一冊のみ。一年がかりで『西遊記』『水滸伝』『金瓶梅』『紅楼夢』の原書を読了、全訳した『三国志演義』と合わせて、中国古典小説論を書いていた。来月（二〇〇七年一月）刊行される『トリックスター群像――中国古典小説の世界』（筑摩書房）がこれにあたる。

以上、この十一年八か月のわが備忘録である。この間、いわゆる単著が予定の一冊も含めて計十七冊、文庫再刊が三冊、編著・共著が三冊、翻訳が七冊。単純に冊数だけを数えればちょうど三十冊になる。多ければよいというものではないが、まずはよくやったというべきか。がんばる人生というのもなかなかオツなものだ。ちなみに、この間、拙著の中国語訳が二冊、韓国語訳が六冊刊行されている。これで「国際日本文化研究センター」に在籍している責めも、まずは果たしているのではないかと、またまた自分で納得しているしだいである。

［追記］その後、二〇〇七年五月、文庫二冊刊行予定となる。これで計三十二冊。

（『日文研』三八、二〇〇七年五月）

※

中国――この物語の宇宙　『中国文学――読書の快楽』

一冊の書物を繰り返し読むことのたとえに、「韋編三絶《いへんさんぜつ》」という言い方がある。儒家の祖孔子（前五五一～前四七九）が『易』を反復熟読したために、竹の札《ふだ》（竹簡《ちくかん》）を綴り合わせた韋（なめし皮）の紐が、三度も断ち切れたという故事にもとづく表現である。

ことほどさように、二世紀初めの後漢末、宦官の蔡倫《さいりん》（生没年不詳）が紙を発明するまで、中国の書物は長らく、札の形に削った竹（竹簡）や木（木簡・木牘）を綴り合わせたり、あるいは帛書《はくしょ》（絹に書かれた文書）の形で用いられてきた。しかし、竹簡や木簡は重くてかさばるし、絹は値が張る。そこで蔡倫は、樹皮・麻屑・ボロ布・漁網などを用いて紙を作り、元興元年（一〇五）、時の皇帝（後漢第四代皇帝の和帝）に献上した。皇帝は大いに気に入り、以後、この方法で作られた紙は「蔡侯《さいこう》紙《し》」と呼ばれ、民間でも重宝されたという。

とはいえ、蔡倫の発明によって、一気に書物革命がおこったわけでなく、紙に書かれた書物が広く流通するには、さらに二百年近くかかる。紙の使用度がぐっと高まるのは、後漢滅亡後、魏・蜀・呉の三国時代を経て、西晋(二六五〜三一六)が短期間ながら中国全土統一に成功した時期である。

こんな話がある。

西晋の詩人左思《さし》(二五〇?〜三〇五?)は貧しい地方青年だったが、妹が宮中に入ったのを機に都洛陽に移住、本格的に文学活動を開始した。しかし、当時の政治・文化の担い手である貴族たちは、もっさりした田舎者の左思に洟もひっかけない。一念発起した左思は大作「三都《さんと》の賦《ふ》」の制作に心血をそそぎ、十年がかりでようやく完成にこぎつけた。三都とは、魏都・蜀都・呉都の意であり、左思は三国の首都の風物をみごとに描きわけたのである。「三都の賦」は絶賛を博し、人々が争って筆写したため、「洛陽の紙価を高からしむ」、つまり洛陽の紙の値段が高騰するほどのベストセラーとなった。

人口に膾炙するこのエピソードを通して、三世紀後半の西晋時代において、筆写資料として紙が広く流通していたことが、読みとれる。紙の普及と軌を一にし、この時代にはすでに有数の個人蔵書家も出現していた。たとえば、当時の文壇のボスで屈指の博物学者だった張華《ちょうか》(二三二〜三〇〇)は、引っ越しのさいに三十台の馬車で蔵書を運んだとされる。また、学者一族出身の范蔚《はんうつ》(生没年不詳)は七千巻以上の蔵書を有していたため、常時、百人を越える人々が閲覧を求めて押し寄せた。これに対し、范蔚は快く蔵書をみせたばかりか、衣食の世話までしたという「美談」が今に伝わる。

ただ、張華や范蔚の蔵書には紙資料の書物とともに、竹簡・木簡・帛書も相当な割合を占めていたものと思われる。

東晋（三一七～四二〇）以降、紙の品質改良が進んで、竹簡や木簡は淘汰され、紙資料の書物ばかりになってゆく。こうして紙の出現は、書物の形態を大きく変えたが、書物にとってさらに大きな転換をもたらしたのは、印刷術だった。

木版印刷がさかんになったのは、宋代（北宋九六〇～一一二七、南宋一一二七～一二七九）に入ってからである。宋代は政治的にも文化的にも、中国史の大きな転換点になる時期だった。最大の変化はこの時期に至り、三世紀中頃の魏末から十世紀初めの唐末まで、政治や社会の中枢を占めつづけた門閥貴族が消滅し、科挙合格者の進士を中心とする近世的士大夫階層――知識人――がこれに取ってかわったことである。

科挙の難関を突破するには、読書にはげみ知識を積まねばならない。こうして書物に対する需要が増大するにつれ、木版印刷もますます盛んになる。こうした時代のエトスのなかで、書物じたいへの関心も高まり、善本（よい本）を手に入れたいと切望する蔵書家が続々と誕生するに至る。

これ以後、元・明・清と時代が下るにつれて、善本の収集に異様な情熱を傾ける蔵書家が、うなぎのぼりに増えてゆく。ちなみに、収集熱にとりつかれたこれらの人々が、芸術品のように珍重したのは、抜群の正確さと印刷の美しさを誇る、かの「宋版（宋代に印刷された書物）」にほかならない。

このたび刊行される拙著『中国文学――読書の快楽』は、こうしてはるかな古代から、さまざまな変遷を経ながら、書物への渇望に憑かれた人々によって伝えられてきた、中国文学・文化の魅力を、多角的に探ったエッセイ集である。「中国――この物語の宇宙」に遊ぶ「読書の快楽」を、著者とともに味わっていただければ、これに勝るよろこびはない。

（『本の旅人』一九九七年一〇月号）

不安の時代に二様の楽園　『中国的大快楽主義』

近代以前の中国には、「修身・斉家・治国・平天下」をモットーとする儒家思想、ひいては儒教にすっぽり覆われた、固いイメージがつきまとう。だから、士大夫（知識人）も、いつも眉根に皺を刻み、深刻荘重に天下国家を憂いているかのように見える。

しかし、その実、中国には古来、自らの生をめいっぱい楽しむエピキュリアン（快楽主義者）が、枚挙にいとまがないほど存在した。本書は、そんなエピキュリアンのとびきり愉快な生の軌跡をたどりながら、歴史の伏流として存在しつづけた、大いなる中国的快楽主義の様相を探ったものである。

中国の快楽主義が猛烈な勢いで噴出したのは、三世紀初めから五世紀初めの魏・晋の時代、および十六世紀後半から十七世紀前半の明末の時代だった。

最初の快楽主義の全盛期、魏・晋のエピキュリアンは、かの「竹林の七賢」をはじめとして、無為自然を標榜する道家老荘思想にもとづき、世のため人のために生きよと説く、堅苦しい儒教的禁欲主義を笑いとばし、自由で充実した自分自身の生を楽しまんとした。

朝な夕な大酒を飲み陶酔境に浸りきりの者もいれば、薬（五石散《ごせきさん》と呼ばれる神経刺激剤）の力を借り、およそ現実離れのした哲学談義に寝食を忘れて熱中する者もいる。そうかと思えば、集めた下駄を眺めながら、「一生のうちに、どれくらいの下駄がはけることやら」と、のんびりため息をつく下駄マニアもいる。

というふうに、その人生の楽しみ方は各人各様ながら、魏・晋のエピキュリアンに共通するのは、この世のしがらみの外へ脱出しようとする、強烈な現世超越願望（浮世離れ願望）にほかならなかった。ちなみに、この時代には、超越願望を極端化して、人間に課せられた限界そのものを超越し、いっそ不老不死の仙人になってしまおうとする神仙思想も大いに流行する。

魏・晋のエピキュリアンや仙人志願者は、こうして奇行や愚行に憂き身をやつしながら、あくまでこの世の外なる楽園を求めつづけた。しかし、第二の快楽主義全盛期、明末になると、その様相は大きく変化する。魏・晋のエピキュリアンに共通して見られた、超俗・脱俗志向は影をひそめ、むしろ俗なるもののなかに、新たな快楽の種を見いだそうとする傾向が強まる。明末エピキュリアンが、文学のジャンルにおいて従来、士大夫がまともに取り上げる対象でないとされて来た、戯曲や小説に熱中したのは、その顕著な一例である。

さらにまた、明末エピキュリアンには、庭園趣味に異様な情熱を傾ける者が、非常に多い。彼らは「私の世界」「私の小宇宙」を作り出すべく、庭園に執着し、破産も厭わず、莫大な費用をかけて、山を切り崩し池を掘り、何度も何度も改築・改造を重ねる。苦心の果てに、やっと理想の庭園ができあがると、彼らは気心の知れた友人を招き、その私的空間で芝居を上演し、茶会（明末エピキュリアンは酒よりお茶を好む傾向がある）や詩会を催し、こころゆくまで遊び戯れる。魏・晋のエピキュリアンが、この世の外なる楽園を夢見たのに対し、明末快楽主義の旗手たる庭園狂は、限られた空間を仕切って一種の開放区とし、この地上に人工楽園を作り出そうとしたともいえよう。

実のところ、この二様の中国快楽主義が開花した魏・晋、および明末は、いずれも前途多難、波乱含みのはなはだ不安な時代であった。時代が混迷の度を深め、外部世界からの理不尽な圧迫が強まれば強まるほど、中国では、自身の快楽をよすがとして生き抜こうとする、エピキュリアンが輩出するのである。

本書は、このしたたかで、素っ頓狂な快楽の巨人たちに焦点をあてつつ、さまざまな角度から中国的快楽主義にアプローチを試みた。これにより、古い文明国、中国にかぶせられた既成のイメージを、いささかなりとも突き崩すことができたならば、本当にうれしい。

（『東京新聞』夕刊、一九九八年五月二一日）

『三国志演義』を訳し終えて

このたび、ちくま文庫から刊行される『三国志演義』（全七巻）の翻訳にとりかかったのは、一九九六年四月。以来六年せっせと翻訳しつづけ、二〇〇二年三月、ようやく訳了に漕ぎつけた。馴れるにつれて翻訳に加速度がつき、最後の年には連日、長時間、ワープロを打ちつづけたため、とうとう指先がつぶれたようになってしまった（最近は指先絆創膏という便利なものがあり、ずっとこれを愛用した）。そんなおり、カフカの全小説を個人訳された池内紀《おさむ》さんとお目にかかる機会があり、変形した指先をお見せしたところ、「翻訳は日掛け貯金のようなものです。毎日やっていれば、必ず終わります。そこまでくれば、もうできたも同然」と言ってくださった。この先達の言葉に励まされて、まもなくゴールにたどりつくことができ、指先の痛みも忘れて思わず快哉を叫んだ。しかし、なんといっても、注を含めれば総枚数四千数百枚にものぼる長大な翻訳なので、校正も思った以上に大仕事であり、現在（二〇〇二年九月）も『三国志演義』と向き合う日々がつづいている。こうして長年、徹底的に『三国志演義』とつきあったことによって、物語展開の細部からおびただしい数にのぼる登場人物それぞれの特性に至るまで、鮮明に脳裏に焼きつけられ、この作品の類いまれなる面白さに改めて感じ入った。まさしく『三国志演義』は何度読んでも飽きることなく、読むたびに発見があり、断然、面白いのである。

白話（口語）長篇小説『三国志演義』（『三国演義』ともいう）（全百二十回）は、英雄豪傑が雲のごとく群がりおこった後漢（二五〜二二〇）末の乱世が、はげしいせめぎあいの果てに、曹操の魏、劉備の蜀、孫権の呉の三国分立へと天下の形勢が固まってゆく、波瀾万丈の過程を描く大歴史小説である。

大歴史小説『三国志演義』の物語世界は、主として二つの系統を総合して組み立てられている。第一の系統は、西晋の陳寿の手になる正史『三国志』の本文、およびこれにさまざまな異説や解説を付した、劉宋の裴松之の注を中心とする、正統的な歴史資料である。また、第二の系統をなすのは、正史『三国志』の成立後、ほぼ千年にわたって、語り物や芝居など民間芸能の世界で、面白おかしく史実を潤色しながら、連綿と受け継がれてきた三国志物語の系譜である。

十四世紀中頃の元末明初、『演義』の作者と目される羅貫中（生没年不詳）は、この第二の系統に属する、おびただしい三国志物語を収集し、これらを第一の系統に属する正統的な歴史資料と照合して、極端に荒唐無稽な要素を抜き去り、文章に彫琢を加えて整理・編纂し、首尾一貫した長篇小説に仕立て上げた。

羅貫中がいかに正史『三国志』をはじめとする歴史書に通暁していたかは、大枠としての物語時間の設定から、個々の登場人物を特徴づけるエピソードの的確な選択等々に至るまで、『演義』の随所に歴然とあらわれている。とはいえ、『演義』はむろん正史『三国志』の焼き直しではない。それは、民間芸能の世界で伝承された膨大な三国志物語群と歴史を巧みにねじりあわせつつ、明確な方法意識をもって、組み立てられた物語文学なのだ。

正史『三国志』（全六十五巻）は「魏書」（全三十巻）、「蜀書」（全十五巻）、「呉書」（全二十巻）の三部構成をとり、記述スタイルは司馬遷《しばせん》の『史記』以来の伝統にのっとり、個々の人物の伝記を連ねる「紀伝体（列伝体）」によっている。こうして国別に分類されているうえ、そのつど固有の人物に焦点が当てられるため、人物相互の関係性や時代状況の全体像を把握するには困難がともなう。これに対し、『三国志演義』は継起する事件を巧みに配置し、これに関連づけておびただしい登場人物を鮮やかに組み込み動かしながら、トータルな形で三国志世界を描きあげることに成功している。まさに手練の物語作者の水際だった語り口であり、翻訳しながら思わず「うまい」と、感嘆したこともまれではない。

三国志世界を全体として描出すべく、『演義』の物語世界はまことに明快な基本構想のもとに展開されている。あくまで漢王朝の血筋である劉備の高貴性・善人性を前面に打ち出し、蜀を正統王朝として位置づけ、劉備のライバル曹操の悪人性を強調すること。こうして『演義』は、善玉劉備と悪玉曹操の対立を軸とし、多種多様の人物を巧みに区分けし関連づけながら、ダイナミックな物語世界を全体として組み立ててゆくのである。

付言すれば、『演義』の叙述は、地の文と会話文から成っており、地の文のスタイルは白話小説とは言い条、限りなく文言（文語）に近く、その表現はいたって端正かつ平明だ。日本の『演義』翻訳の嚆矢とされるのは、湖南文山《こなんぶんざん》訳『通俗三国志』（元禄二〜五［一六八九〜一六九二］年刊）であり、漢文訓読調独特の荘重にして雄渾なリズムにのせた、古今の名訳として知られる。私自身、この『通俗三国志』の語り口には抗し難い魅力を感じずにはいられないが、原文の語り口はもっとサラリと端正であり、むしろ淡々としている。詠嘆に流れず、あくまでも淡々と語りながら、タイトな緊張感に満ちあふれた文体といえばよかろうか。

さらにまた、『演義』の表現方法の特色は、近代以降のヨーロッパの小説とは異なり、作者の視点からの登場人物の心理描写はいっさいなされず、個々の人物の行動と言葉（会話や独白）にのみスポットが当てられ、叙述が進められることである。その意味では、戯曲的な形で物語世界が展開されているといえよう。翻訳を進める過程で、この地の文と会話文の絶妙のコンビネーションにも感嘆することしきりだった。ちなみに、こうした叙述方法は、『演義』のみならず、『西遊記』『水滸伝』『金瓶梅』『紅楼夢』など、白話で書かれた中国古典長篇小説すべてに共通するものである。

『演義』についての「基本情報」をあげれば、ザッと以上のとおりだが、それはさておき、『演義』はともかく無類に面白い。その面白さはなんといっても、ユニークな魅力にあふれる登場人物像からきている。『演義』は主要登場人物にそれぞれ忘れ難い「見せ場」を作り、読者をグイグイと物語世界に引き込まずにはおかない。

たとえば、『演義』の中心人物劉備は、どぎつい曹操とは対照的に、仁愛深い君主を装いつづけ、名軍師諸葛亮の輔佐よろしきを得て蜀王朝の皇帝にまでのぼりつめる。しかし、義兄弟の関羽が呉の孫権に殺されるや、皇帝の位も何のその、重臣の反対を押し切り、弔い合戦のため呉に出撃するが、あえなく大敗を喫して再起不能となり、諸葛亮に後事を託して絶命する。諸葛亮に対し、「もしも私の後継ぎが輔佐するに足る人物ならば、これを輔佐してやってほしい。もしも才能がなければ、君がみずから成都（蜀の首都）の主になるがよい」と捨て身の遺言をのこしながら。『演義』はこうして生涯の最終局面に至り、仁君の仮面をかなぐり捨て、乱世に乗り出して行った当初の、荒々しい無頼の姿に立ち返った劉備のイメージを鮮烈に描き出し、そのただならぬ複雑な魅力を浮き彫りにする。

劉備の義兄弟の関羽は、著者羅貫中が力をこめて描いた、『演義』の影の主役ともいうべき重要なキャラクターであり、孤立無援の状況のなかで、劉備一筋、鬼神のような力をふるって修羅場をくぐり抜ける見せ場も多い。超人的武勇を有する反面、関羽はすこぶる義理と人情に厚く、かつて自分を大切にしてくれた曹操が「赤壁の戦い」に敗れ、絶体絶命の窮地に陥ったとき、あえて見逃す根源的なやさしさの持ち主でもあった。「華容道《かようどう》」の一幕として知られるこの場面は、『演義』屈指の名場面にほかならない。

劉備のもう一人の義兄弟張飛は、爆発的な力と滑稽みをおびたパーソナリティによって、『演義』に先立つ民衆芸能の世界において、もっとも人気を博したキャラクターだった。『演義』に至るや、悲愴美に輝く関羽にお株を奪われ、見せ場もかなり制限されるものの、大事な局面で泥酔して失態を演じたり、劉備が「三顧の礼」を尽くして諸葛亮を訪問するのが気に入らず、「なんと高慢ちきなやつだ。哥哥《ガガ》（兄貴。劉備を指す）を階《きざはし》の下で立たせておいて、やつは高枕で寝たふりをして起きても来ない。見てろ、わしが家の裏にまわって火をつけてやるから、それでも寝てられるものなら、寝てやがれ」とわめきちらすなど、物語世界を揺さぶり、ざわめかせる稀有の存在であることに変わりはない。

関羽・張飛に比べ、やや遅れて劉備傘下の猛将となった趙雲はここぞというときに、驚異的な力を発揮する、まことに頼もしい存在だ。関羽や張飛が非業の最期を遂げたのに対して、趙雲は二十代半ばから七十を超えるまで現役でありつづけ、劉備軍団ひいては蜀軍の中核的部将として活躍しつづけた。『演義』の物語時間は、一八四年に勃発した「黄巾の乱」から、二八〇年、三国のうち最後まで残った呉の滅亡まで、えんえん百年にわたる。このため、若き驍将《ぎょうしょう》（勇将）として颯爽と登場した趙雲が、七十を超えた百戦錬磨の老将に変貌してゆくプロセスも如実に描かれ、これまた非常に感慨深いものがある。

劉備の名軍師諸葛亮は劉備・関羽・張飛・曹操ら第一世代の登場人物に比べれば、二十も歳が若い。したがって、諸葛亮が全百二十回から成る『演義』世界に登場するのも、物語がほぼ三分の一まで進行した第三十八回からである。第一回から登場する劉備ら第一世代のスターたちは、物語がほぼ三分の二まで進行したあたりで次々に退場し、後半三分の一は第二世代のトップスター諸葛亮の独り舞台となる寸法だ。

『演義』に見える諸葛亮のイメージは後半になるほど、清廉潔白・忠実無比の名軍師というよりは、超能力者・魔術師に近くなる。これは『演義』の作者羅貫中が民間芸能の世界で育まれてきた、魔術師諸葛亮のイメージを、積極的に物語世界に取り込んだことを示している。しかし、諸葛亮がいかに超能力を駆使しても、関羽・張飛・趙雲ら一騎当千の猛将がすべてこの世を去ったあとの劣勢はいかんともしがたく、文字どおり孤軍奮闘、超大国魏に挑戦を繰り返す姿には鬼気迫るものがある。諸葛亮には温厚かつ冷静な印象が強いが、魏との戦いの渦中で、思いどおりに動かない配下の部将にいらだち、しばしば怒りを爆発させる。翻訳しながら、「諸葛亮、怒りて曰く」という表現が続出することに気づき、この一見、とりすました名軍師のいらだちまでも、さりげなく書き込む『演義』の作者の周到さに感心するとともに、気持ちの乱れを隠さない諸葛亮に親近感を抱いた。

劉備のライバル曹操についても、『演義』はその悪玉性・奸雄性を執拗に描く反面、関羽のような有能な人材に手放しで惚れ込む姿を活写するなど、要所要所で曹操の長所や魅力もまたぬかりなく描写する。この結果、奸雄と英雄の二重性をもつ曹操という端倪すべからざるキャラクターが、みごとに浮き彫りにされる仕掛けである。

三国志世界を動かす大スター、劉備・諸葛亮・曹操の一面的にはとらえられない複雑なイメージ、あくまで中心人物劉備に誠実な関羽・張飛・趙雲のストレートで爽快な姿。『演義』の物語世界には、彼らを筆頭に各人各様の魅力にあふれる人物が登場する。のみならず、大悪人から小悪党まで狡猾・陰険・邪悪等々、マイナス性をまきちらす登場人物も数多い。多種多様の登場人物がエネルギーを全開、正邪入り乱れて、大いなる乱世の物語『三国志演義』の世界を馳せめぐる姿は、時代を超えて人を魅了せずにはおかない。

（『ちくま』二〇〇二年一一月号）

中国古典詩の世界　『中国の名詩101』

中国の詩の歴史は、孔子が編纂した『詩経』（全三百五篇）に始まるが、その後ながらく文学史の表面に浮かびあがることはなかった。しかし、前漢（前二〇二～後八）末から、一句五言を基調とする「楽府《がふ》（民間歌謡）」が歌い継がれ、後漢（二五～二二〇）末には、「古詩」と総称される作者不明の五言詩が作られるようになる。この五言詩のジャンルに注目したのは、三国志世界の英雄曹操と周辺の文人だった。以後、魏晋南北朝時代（二二〇～五八九）を通じ、五言詩はしだいに精錬の度を高めてゆく。

詩は唐代（六一八～九〇七）に入るや、内容・形式ともに飛躍的な発展を遂げ、文学の主要ジャンルとして不動の地位を確立する。唐詩では五言詩とともに、一句七言で構成される七言詩も数多く作られた。総じて、唐詩は精緻な詩的小宇宙を形成することをめざし、濃厚にして華麗な詩風をもつ作品が主流を占める。宋代（九六〇〜一二七九）以降、表現形式じたいは唐詩を踏襲するものの、時代が下るとともに詩作者の数が増加したこともあり、多種多様なテーマを平淡かつ自在に歌う作品が多くなる。

このように後漢末から文学の表舞台に躍り出た、中国詩の表現技法における顕著な特徴は、「典《てん》故《こ》」を多用することである。南朝梁《りょう》の劉勰《りゅうきょう》（四六五？〜五一八？）が著した体系的文学理論『文心《ぶんしん》雕龍《ちょうりゅう》』は、詩文における典故の運用について以下のように述べている。

> 事類《じるい》は蓋《けだ》し文章の外、事に拠りて義を類し、古を援《ひ》きて以て今を証する者なり。
> （「事類」すなわち典故の運用は、文章を著すときに、外面からある事柄をもってきてその意味を類型化し、古を借りて現実を説き明かす技法である）

典故の運用、平たく言えば、過去の言葉や古人の事迹を下敷きにしたり引用したりすることによって、作者（詩人）は表現内容に裏づけをあたえると同時に、読者にはたらきかけ、共通のイメージを喚起することができるというのだ。また、典故の運用には表現内容を重層化し、作品に奥行きを与える効用もある。ひとつ例をあげてみよう。東晋の隠遁詩人、陶淵明（三六五〜四二七）の「山海経《せんがいきょう》を読む」（其の十）はこう歌う。

精衛《せいえい》　微木《びぼく》を銜《ふく》み
将《まさ》に以て滄海を填《うず》めんとす
刑天《けいてん》　干戚《かんせき》を舞わし
猛志　故《もと》より常に在り
物に同じきも既に慮《おもんぱか》る無く
化《か》し去るも復《ま》た悔いず
徒《いたず》らに在昔の心を設《もう》く
良晨《りょうしん》　詎《なん》ぞ待つ可《べ》けんや

冒頭の二句は、東海で溺死した少女、女娃《じょあ》が精衛という鳥に生まれ変わり、木と石をくわえては東海に投げ込み、海を埋めようとした伝説故事を踏まえる。また、第三句・第四句は、天帝と戦って敗北した神、刑天が首を切られても屈服せず、なおも乳を目に変え、臍《へそ》を口に変えて、干（ほこ）と戚（まさかり）を手にして戦いつづけた伝説故事を踏まえる。

四二〇年、陶淵明が五十六歳のとき、軍人出身の劉裕が東晋を滅ぼし劉宋王朝を立てた。東晋の元勲陶侃の曾孫だった陶淵明は劉裕の簒奪に内心、猛反発し、自作にはけっして劉宋の年号を用いなかったとされる。上にあげた詩篇で陶淵明は、『山海経』に登場する復讐精神の化身、精衛と刑天の故事を用いることによって、みずからの持続する抵抗の意志を「暗示」し、これを読む者もまた精衛や刑天のイメージを脳裏に浮かべながら、陶淵明のはげしい思いをまざまざと感受する。まさに典故技法の鮮やかな運用というほかない。

付言すれば、明末清初の大学者、顧炎武《こえんぶ》（一六一三～一六八二）に「精衛」と題する詩篇がある。これはむろん陶淵明の作品を下敷きにしたものだが、詩篇じたい『山海経』と陶淵明の作品をオーバーラップさせつつ著された、高度な典故技法の結晶である。

このように典故は、魏晋南北朝から現代に至るまで時代を通じ、また表現内容のいかんにかかわらず、中国詩の基本的表現技法として用いられてきた。たとえば、これまた明末清初の大学者銭謙益《せんけんえき》（一五八二～一六六四）が、のちにパートナーとなる女性文人柳如是《りゅうにょぜ》（河東君。一六一八～一六六四）に送った恋歌（「庚申の仲冬に河東君至り半野堂に止まり長句の贈有るに次韻して奉答す」）はこう歌いだされる。

文君　放誕《ほうたん》なれども　流風を想い
瞼際《けんさい》　眉間《びかん》　許《か》く同じきを訝《いぶか》しむ

まず冒頭で、柳如是を前漢の文人司馬《しば》相如《しょうじょ》と駆け落ちしたことで知られる卓文君《たくぶんくん》になぞらえたうえで、めんめんと恋する思いを綴り、最後を次のように締めくくる。

履箱を擎《あ》げ了《おわ》りて　便《すなわ》ち相い従わん

この句（靴箱をあげおわり、あなたの下僕となってお供いたしましょう）は、南朝陳の徐陵《じょりょう》（五〇七～五八三）が編纂した『玉台新詠《ぎょくだいしんえい》』に収められた古歌、「河中の水は東に向かって流る」の詩句を踏まえたものである。ちなみに、この古歌は莫愁《ばくしゅう》なる美女を主人公とする。銭謙益は求愛の詩篇においても、こうして卓文君や莫愁といった過去の才長けた美女たちを引き合いにだし、表現内容を豊かに膨らませるのである。

ここぞというときに典故技法を駆使して、陰影に富んだ世界を現出させる中国古典詩。このほど刊行される『中国の名詩１０１』では、『詩経』から現代のロックシンガー崔健《ツイジエン》に至るまで、一人一首、つごう一〇一首の「名詩」を紹介した（ここでとりあげた詩篇もすべて収録）。豊穣な中国詩のエッセンスを味わっていただければ幸いである。

（『大航海』五七、二〇〇六年一月）

五大白話長篇小説を通読して　『トリックスター群像 —— 中国古典小説の世界』

一九七〇年代、ポール・ラディンの『トリックスター』をはじめ、種々のトリックスター論や道化論が翻訳され、日本でも『道化的世界』を嚆矢とし、山口昌男氏のトリックスター関連の著作が続々と刊行された。民俗学の分野に属する作品が多かったが、いずれも刊行されるたびにとても面白く読んだ。それから約十年後、私は『三国志演義』について小さな本を書き、さらに九〇年代末から『演義』の全訳にとりかかり、数年かけてようやく完成にこぎつけた。こうして『演義』と徹底的につきあううち、かつて夢中になったトリックスター論がしばしば頭をよぎり、トリックスター的役割をになう登場人物にスポットをあてつつ、中国白話長篇小説の流れをたどってみたいと思うようになった。

それにつけても、『演義』はさておき、残る四篇の白話長篇小説すなわち『西遊記』『水滸伝』『金瓶梅』『紅楼夢』をまとめて原文で通読しなければどうにもならない。むろんこれまで、あるいは気の向くまま、あるいは必要に迫られて、この四篇もおりおりに読んではいた。しかし、なにぶん記憶力の衰えも激しくなった今日このごろ、これではまなはだ心もとない。そこで一念発起しノートをとりながら、四篇の通読にとりかかった。

　覚悟はしていたものの、これは予想以上にオオゴトであった。なにしろ、『西遊記』が百回、『水滸伝』が百回（百二十回本もあるが、原型に近い百回本を用いた）、『金瓶梅』が百回、『紅楼夢』は続作四十回を合わせると百二十回で、つごう四百二十回にもなる。一回一回そうとうな長さだから、毎日、必死で読まなければ何年かかるかわからない。かくして約一年読んで読んで、ようやく四篇とも読了することができた。このときのノートをもとにした『トリックスター群像——中国古典小説の世界』が完成したとき、旧知の中国哲学者は「五大白話長篇小説を読了するのは、中国哲学の分野では十三経《じゅうさんぎょう》注疏《ちゅうそ》を読破しようとするようなものだ」と言った。これは関西弁でいう「ようヤル」の意味だし、「十三経注疏」とは比ぶべくもないけれども、なかなか大変だったのは事実であり、読み終え本を書きおわったあと、しばらく目の焦点があわず、困ってしまった（眼鏡をかえ、今はよくなった）。

　まとめて読んで面白かったのは、五大白話長篇小説の文体がそれぞれ歴然と異なることである。『演義』はことに地の文のスタイルが平明な文言と言えるほど整然としており、たいへん読みやすい。これに対し、『水滸伝』には講釈師の語り口が濃厚に残されている反面、白話としては彫琢されるに至っておらず、文法的に追跡しきれない箇所が多々あって、きわめて読みにくく難しい。『金瓶梅』は書かれたものとしての最初の白話長篇小説なのだが、これまた方言もまじるなど、全般的にいたって難解で読みにくい。『紅楼夢』になると、白話のスタイルが高度な完成の域に達しており、まことに精緻な文章なのだが、これは表現内容が繊細にして複雑、別種の難しさがある。意外に読みやすかったのは『西遊記』である。奇想天外な物語展開とはうらはらに、文章表現が整然としており、明代中期、白話長篇小説として集大成されたときに、そうとう手が加えられたとおぼしい。

というふうに異なる語り口で展開される五大白話長篇小説において、物語世界を攪乱し揺り動かす存在としてのトリックスターが、どのような役割を果たしているかを探ってゆくうち、それぞれの物語の構造が意外なほど鮮明に見えてきたのはうれしい発見であった。また五大白話長篇小説の「トリックスター群像」をたどりながら、語り物を集大成した『三国志演義』『西遊記』『水滸伝』から、単独の作者によって書かれた『金瓶梅』さらには『紅楼夢』へと転換していった中国小説史の流れを、「現物」に即して確認しえたのも貴重な体験であった。こうした発見や体験が拙著に反映されていればと願うばかりだ。

（原題「『トリックスター群像』あれこれ」。『ちくま』二〇〇七年三月号）

時を超える中国の名詩　『中国名詩集』

このたび、唐詩以降を中心としつつ、前漢の高祖劉邦から現代の毛沢東まで、中国古典詩のうちから百三十七首をとりあげた『中国名詩集』を刊行した。膨大な詩篇から選びだしたこの百三十七首のテーマは多種多様だが、いずれの作品においても、そこに表現された詩人の感じかたや考えかたには、いきいきとした「現在形」をもって、はるかな時空を超え、今ここに生きる者の心にじかに響くものがある。

今も昔も変わらないものとして、まずあげられるのは自然と人の関わりであろう。たとえば、南宋の詩人楊万里《ようばんり》(一一二七〜一二〇六)は七言絶句「稚子《ちし》　氷を弄《ろう》す」で、厳冬のある朝の情景を次のように歌う。

稚子　金盆より暁氷を脱し
彩糸《さいし》もて穿取《せんしゅ》し　銀錚《ぎんそう》に当つ
玉磬《ぎょくけい》を敲成《こうせい》し　林を穿ちて響くも
忽《たちま》ち玻璃の地に砕ける声を作《な》す

「幼な子が金属の盆から早朝に張った氷を取りだし、色糸を通して銅鑼を作った。叩くとみごとに玉磬(古代の打楽器)のような音がし、林を突きぬけて響きわたったが、あっというまに、玻璃(七宝の一つ。水晶類)が地面に落ちて砕けるような音がした」。

寒い朝、幼いわが子が盆に張った氷を取りだして銅鑼に見立て、喜々として遊び戯れていると、あっというまに氷は地面に落ち、あえなく砕け散ってしまう。この詩はそんな幼な子の姿をやさしく見守り歌ったもの。けっして順風満帆とはいえない生の軌跡をたどった楊万里が、がっかりする息子の姿を見ながら、夢は砕けやすいものだと、わが身に重ねて案じているとも見え、すこぶる含蓄に富む。

同じく寒い季節の到来を歌う清の羅聘《らへい》（一七三三〜一七九九）の七言律詩「暖炕《オンドル》」は、なんとも呑気で面白い作品である。なお、羅聘は揚州を舞台に活躍した八人の風変わりな画家「揚州八怪」の一人で、詩も巧みだった。

庭樹　風に号して　朔気《さくき》生ず
一榻《いっとう》を温存して　室中に横たう
春は繡被《しゅうひ》に回《めぐ》りて　眠りは応《まさ》に穏やかなるべし
雪は雕簷《ちょうえん》を圧するも　夢は成り易し
燕玉　求めざるは　砕《さ》く可ければなり
湯婆《タンポ》　用いる無きは　火　情多ければなり
香は睡鴨《すいおう》に消えて　灯初めて滅す
任爾《さもあらばあれ》　街頭　長短の更《こう》

「庭の木が風に吹かれてざわめき、冬の気が生じたので、寝台をあたため、室内で横になった。刺繍をしたかけ布団に春がめぐり、きっと安眠できることだろう。雪が彫刻をした軒にふり積もっても、夢をみるのはたやすいこと。燕や趙の美女がお呼びでないのは、寒さがしのげるから。湯婆がいらないのは、暖炕が情熱にあふれているからだ。香炉の香が燃えつき、灯火も消えたばかり。たとえ街頭で、いろいろ拍子木が鳴っても知ったことではない」。

寒くなるや、さっそく部屋に暖炕を置き、これさえあれば、凍った身体をあたためてくれる。「燕玉（燕や趙の美女）」も「湯婆（湯たんぽ）」もいらず、時を忘れてほかほか安眠できると、作者は大喜びだ。現代ならさしずめ床暖房の上に布団を敷き、身体の芯まであたたまって熟睡するというところだろうか。

もっとも、暖炕のような贅沢な設備はもちろん、ろくにかけ布団もなく、極寒の季節をすごさねばならない身の上を、ユーモラスに表現した作品もある。明の遺民詩人、林古度《りんこど》（一五八〇～一六六六）の七言絶句「金陵冬夜《きんりょうとうや》」がそうだ。

老来　貧困　実《まこと》に嗟《なげ》くに堪えたり
寒気　偏《ひと》えに我が一家に帰す
被《ひ》無ければ　夜眠るに破絮《はじょ》を牽《ひ》く
渾《す》べて孤鶴《こかく》の蘆花《ろか》に入《い》るが如し

「年老いてからの貧乏は、ほんとうに嘆かわしい。寒気はひたすら我が家に集まってくる。かけ布団がないので、夜寝るときはボロ綿を引きよせる。まったくもって、群れを離れた鶴が白い蘆の花のなかに入るようなものだ」。

ここで作者は、かけ布団のかわりにボロ綿をかぶって寝るみずからの哀れな姿を、「群れを離れた鶴が白い蘆の花のなかに入るようなもの」と、故意に美しい比喩を用いてユーモラスに洒落のめす。明滅亡の時点ですでに六十五歳だった林古度は、このユーモア精神をもって、以後二十二年にわたり、貧困のどん底でたくましく生きた。

以上の三首は、いずれも寒い冬の情景を歌ったものだが、これだけを見てもまさに各人各様、いろいろな見方や生き方があるものだと感心させられる。しかも、これらの作品は「ものみな詩となる」というべきか、いずれもありふれた日常を題材としており、ほとんど説明ぬきでなるほどと納得させられる。

いやおうなしに人の身に迫る老いや親しい人との別れも昔も今も変わらない大問題である。さまざまな視点から老いを表現した詩は、「白髪三千丈、愁いに縁《よ》って箇《かく》の似く長し、知らず　明鏡の裏《うち》、何《いず》れの処よりか　秋霜を得たる」（「秋浦の歌」十七首　其の十五）と歌う李白の名詩をはじめ、それこそヤマとある。たとえば、中唐の大詩人白居易（七七二～八四六）は、七言絶句「髪の落つるを嘆ず」でこう歌う。

多病多愁　心自《おの》ずから知る
行年未だ老いざるに　髪先んじて衰う
梳《くし》に随いて落去す　何ぞ惜しむを須《もち》いん
落ちざるも　終《つい》に須《すべか》らく変じて糸と作《な》るべし

「病気がちで悩みが多いことは、われながらよく承知しているが、まだ老齢にも達していないのに、頭髪のほうが先んじて衰えてしまった、櫛とともに抜け落ちようと、惜しむ必要があろうか。抜け落ちずとも、けっきょく細い白糸のようになってしまうのだから」。

実はこのとき白居易はまだ三十歳くらいだったが、科挙をはじめもろもろの試験のために猛勉強をつづけ、心労が重なって頭髪に衰えがあらわれたようだ。早くも顕在化した老いの兆しに対する衝撃を鮮やかに表現した作品である。

身近な人との永別の悲しみを歌う詩篇も数多い。なかでも清代中期の大文人袁枚《えんばい》（一七一六～一七九七）門下の女性詩人、廖雲錦《りょううんきん》（生没年不詳）の七言絶句「姑を哭《こく》す」は知られざる傑作にほかならない。

寒を禁じ暖を惜しむこと　十余春
往事　回頭すれば　倍《ます》ます神《しん》を愴《いた》ましむ

幾度　楼に登り　親しく膳を視《み》ん
幃幕《いばく》を掲げ開くも　已《すで》に人無し

「寒くないよう暖かくすることにつとめて、十余年。むかしをふりかえると、ますます心が痛む。何度、二階に上がり、この手でお給仕したことだろうか。垂れ幕を持ち上げ開いてみても、もうお姿はない」。

末句に表現された喪失感が痛切な一首である。私事ながら、私の母は一昨年の春、九十五歳で他界した。今もおりにつけ母の不在を実感することがあり、この詩を読むたびに深い共感をおぼえる。身近な存在を失った経験のある者にとって身につまされる作品である。

ほんの数例あげただけだが、中国古典詩には、自然と人の関わりから、老いや衰えなどの身体感覚、家族の絆、さまざまな人生経験など、個人から家族、家族から社会へと、人と人の繫がりを歌う作品にいたるまで、今なお新鮮な輝きを放つ詩篇が多い。さらに人と動植物、人と道具や調度などとの関わりを描く詩篇にも、目を見張るほど興趣に富むものがある。たとえば、南宋の陸游《りくゆう》（一一二五～一二〇九）は愛猫家で二十余首の猫の詩を作っているが、その一首「猫に贈る」と題する七言絶句でこう歌っている。

塩を裹《つつ》みて迎え得たり　小さき狸奴《りど》

尽《ことごと》く護る　山房《さんぼう》万巻の書
慚愧《ざんき》す　家は貧しくして　勲《いさお》に策《むく》ゆること薄く
寒きにも氈《せん》の坐する無く　食に魚《うお》無し

「塩をお礼につつんで、小さな猫を迎え入れたところ、書斎をうずめる万巻の書をすべて「ネズミから」守ってくれた。恥ずかしいのは、貧しくて手柄に十分報いられず、寒くても座らせる毛氈もなく、食事に魚もつけてやれないこと」。

生きとし生けるものへのやさしさにあふれた、とてもいい詩である。

むろん美しい花々への思い入れを歌う詩も多い。北宋の杜衍《とえん》（九七八～一〇五七）の七言絶句「雨中の荷花」もその一つだ。

翠蓋《すいがい》の佳人　水に臨んで立ち
檀粉《だんふん》匂《にお》わず　香汗湿《うるお》う
一陣　風来たりて　碧浪《へきろう》翻《ひるがえ》り
真珠零落して　収拾し難し

「翡翠の羽で飾った華蓋のもと、佳人が水面にのぞんで立ち、うす紅色のおしろいは匂わず、香しい汗でしっとり濡れている。一陣の風がふいて、青々とした波をまき上げ、真珠のような雨粒が［華蓋に］はらはらと落ちるが、とても拾い集められない」。

雨中の荷（蓮）花を、翡翠の華蓋のもと、すっくと立つ佳人にたとえた艶麗な詩である。

『中国名詩集』では、こうして多様な角度から中国古典詩の魅力にスポットをあてた後、視野を広げて、もろもろの文化的・芸術的な営みを歌う詩篇、さらにはこれらの詩篇を生み出す根底となった時間（歴史）と空間を歌う詩篇をとりあげ、最後にその時間と空間をわがものとした前漢の高祖、武帝、曹操、毛沢東の作品を「英雄の歌」と位置づけ、結びとした。

こまやかな日常を歌う詩から大いなる英雄の詩まで、ここに選んだ詩篇のうちには、各時代を代表する詩人の極めつきの名詩のほか、無名に近い詩人の珠玉の作品も数多く含まれている。それぞれ懸命に生きた詩人たちの哀しみや歓びを、共感をもって受けとめ、元気に生きてゆくための心の糧としていただけたらうれしく思う。

（『図書』二〇一一年一月号）

俠の精神　『中国俠客列伝』

「義を見て為さざるは勇無き也」「天に替わって道を行う」と、信義を重んじ個人的利害を度外視して、理不尽な対象に敢然と戦いを挑む俠者の姿には、胸のすくような爽快さがある。このたび刊行された『中国俠客列伝』は、実の部（史実）と虚の部（虚構）の両面から、中国に連綿と受け継がれてきた俠者の歴史を具体的にたどったものである。

「実の部——歴史上の俠」では、俠の歴史の幕あけともいうべき春秋戦国時代から、三国六朝時代にいたるまで、史実に刻まれた俠者の軌跡を追い、その変遷をたどった。

この第一章「輩出する俠者たち——春秋戦国時代」では、まず俠者の先駆けともいうべき、公孫《こうそん》杵臼《しょきゅう》と程嬰《ていえい》にスポットをあて、彼らが俠のパトスを燃やし、命がけで幼い趙氏孤児を守り抜いた軌跡をたどった。つづいて、司馬遷の『史記』「刺客《しかく》列伝」に登場する五人の刺客（曹沫《そうかい》、専諸《せんしょ》、豫譲《よじょう》、聶政《じょうせい》、荊軻《けいか》）をとりあげ、彼らが単独の俠者としていかに果敢に生き死んだかを見た。ついで、俠者の大パトロン「戦国四君（孟嘗君《もうしょうくん》、平原君《へいげんくん》、信陵君《しんりょうくん》、春申君《しゅんしんくん》）」および彼らのもとに集まった多様な俠者群像をとりあげた。

戦国末期から侠の風潮は社会全体に広がり浸透し、始皇帝の秦が破綻した乱世にいたるや、遊侠無頼集団が堂々と出現するようになる。第二章「変わりゆく遊侠無頼――漢代」では、こうした遊侠無頼集団から浮かび上がった前漢の高祖劉邦《りゅうほう》、およびその配下グループをとりあげ、集団のなかに顕現した侠の精神の展開をたどった。ついで前漢における巷の遊侠の活躍ぶりを追い、さらに後漢における侠の精神の展開を探った。

第三章「三国志の英雄――三国六朝時代」では、三国志世界の英雄、曹操、劉備、孫権と配下との関係性に注目し、劉備と関羽・張飛および諸葛亮ら配下との間に見られる侠の精神を浮き彫りにした。これにつづき、曹操の子孫が立てた魏を滅ぼして成立した西晋が、内乱と北方異民族の侵入によって滅亡、江南に亡命王朝東晋が誕生した過渡期に出現した侠者の姿をとりあげ、さらに東晋における侠の姿を探った。

春秋戦国から三国六朝までの長い時間帯において、侠の担い手も単独者から集団へと移行していったが、ここで明らかになるのは、侠の精神を体現した人々が活躍するのは歴史の大転換期だということだ。「実の部――歴史上の侠」は、こうして侠の歴史にいちおうの区切りがついた三国六朝時代をもって打ちどめとし、唐代以降については、「虚の部――物語世界の侠」として、虚構の世界にあらわれた鮮烈な侠者のイメージを追求した。

「虚の部」では、まず第四章「超現実世界の物語――唐代伝奇の侠」において、八世紀後半の中唐以降に盛んに作られた短篇小説群、「唐代伝奇」に見られる侠の物語をとりあげ、超能力侠女を描く「聶隠娘《じょういんじょう》」、魔法使いの俠者を描く「崑崙奴《こんろんど》」などにスポットを当てた。

これにつづき第五章「俠者のカーニバル──『水滸伝』」において、俠の物語の最高峰である白話長篇小説『水滸伝』をとりあげた。この章では、登場する俠者を、魯智深《ろちしん》や武松《ぶしょう》のような「一匹狼の俠」、晁蓋《ちょうがい》や宋江《そうこう》のような「組織者としての俠」、戴宗《たいそう》や燕青《えんせい》のような「技術者としての俠」等々に分類し、多様な俠を巧みに描き分けながら、梁山泊の俠者集団が「替天行道（天に替わって道を行う）」をモットーに奮戦し、壊滅してゆく過程をたどりなおした。ちなみに、唐代伝奇から近世の元末明初に完成した『水滸伝』へと、小説に描かれる俠もまた史実と同様、単独者から集団へと移行しているのも、まことに興味深い。

第六章「舞台の上の俠──元・明・清代」では、元曲（元代の戯曲）『救風塵《きゅうふうじん》』（関漢卿《かんかんけい》著。全四幕）と清初の長篇戯曲『桃花扇《とうかせん》』（孔尚任《こうしょうじん》著。全四十幕）をとりあげた。前者では義俠心あふれる妓女、明清交替期を舞台とした後者では俠気の妓女と筋金入りの俠者たる老芸人が、大活躍するさまが、鮮明に描出されている。

注目されるのは、この「虚の部」に登場する俠者のほとんどが、犯罪者、妓女、芸人等々、社会から排除され逸脱した存在だということだ。物語世界においては、社会の内側に巣食う悪に立ち向かう俠者の役割は、逸脱者が担うパターンをとることが多いのである。

こうして実の部から虚の部へ、春秋戦国から明末清初まで、中国における俠の歴史をたどった後、清末において、譚嗣同《たんしどう》、梁啓超《りょうけいちょう》、秋瑾《しゅうきん》等々、変革者の間に、春秋以来の俠の精神に着目し、これを蘇らせようとした動きが起こったことに言及して結びとした。
先ゆき不透明で誰もが疑心暗鬼、得体の知れない不安感に襲われる二十一世紀の現代において、本書に登場する、私利私欲など無関係、ひたすら信義に生きる颯爽たる俠者のイメージ、俠の精神が、うじうじと淀んだ閉塞感を吹き飛ばす起爆剤になることを願うばかりである。

（『本』二〇一一年四月号）

『中国人物伝』について

昨年（二〇一四年）刊行された、拙著『中国人物伝』（全四巻、岩波書店刊）は、私がこれまで書いたもののなかから、政治や文化などさまざまな分野で活躍した人々をとりあげた文章を集成し、新稿を加えて時代順に編み直し、春秋戦国時代から近現代まで、およそ三千年の中国の歴史を、「人」を通してたどったものである。四巻の内容は、あらまし以下のとおりである。

第Ⅰ巻「乱世から大帝国へ　春秋戦国—秦・漢」は二部構成をとり、合わせて二十一項目からなる。

第一部「乱世の生きざま——春秋戦国時代」でとりあげたのは、まず春秋五覇、伍子胥《ごししょ》、美女西施《せいし》である。ついで、思想家に目を向け、まず儒家思想の祖孔子をとりあげた後、道家思想の老子と荘子を中心とする隠者の系譜をさぐり、孟子、荀子、韓非子など、戦国時代に輩出した思想家にもスポットを当てた。さらに、蘇秦《そしん》や張儀《ちょうぎ》などの遊説家、荊軻ら五人の刺客をとりあげ、最後に大遊侠ともいうべき「戦国四君」の軌跡を追跡した。

第二部「統一王朝の光と影——秦・漢」は、まず中国全土を統一した秦の始皇帝にスポットを当てた。ついで、始皇帝の死後、騒乱の渦中から、もと遊侠の劉邦が皇帝にのしあがる顚末をたどった。さらにまた、漢王朝では女性の存在が鍵となるケースが多いため、女性たちの側から漢王朝の興亡を照射し、これにつづいて、漢王朝を絶頂期に導いた武帝の繁栄から没落への軌跡をたどった。武帝の時代には傑出した文人や歴史家も多く出現した。そこで、滑稽と呼ばれる東方朔《とうほうさく》、宮廷文人の司馬相如《しばしょうじょ》、大歴史家の司馬遷をとりあげ、それぞれの生涯の軌跡をたどった。

武帝の晩年から下降へと向かいはじめた漢王朝は、やがて外戚の王莽《おうもう》に滅ぼされる。この第二部の後半では、まず王莽をとりあげ、その奇怪な軌跡を追跡しつつ、漢王朝の終幕を描いた。ついで、王莽滅亡後の混乱を収拾し後漢王朝を立てた光武帝の姿を描出した。

第Ⅱ巻「反逆と反骨の精神　三国時代—南北朝」も二部構成をとり、合わせて二十四項目からなる。

第一部「飛翔する英雄たち——三国志の時代」は、後漢末から三国時代の終焉までを舞台とし、まず後漢を実質的に滅ぼした董卓を皮切りに曹操、劉備、孫堅・孫策・孫権父子など、三国志世界の英雄にスポットを当てつつ、この時代のアウトラインをたどった。これとともに、周瑜、諸葛亮、関羽、張飛、趙雲、馬超、黄忠をとりあげ、それぞれの魅力を浮き彫りにした。ついで、三国時代の文学に目を向け、まず曹操および息子の曹丕・曹植、さらに曹操傘下の文人、孔融《こうゆう》と陳琳《ちんりん》をとりあげ、それぞれの曲折に満ちた生の軌跡をたどった。また、曹操父子と因縁の深い女性にもスポットを当てた。つづいて、魏王朝の実権をにぎった司馬懿の複雑な生きかたを追跡し、また司馬氏に滅ぼされた諸葛誕《しょかつたん》の一族のその後をたどり、曹操軍団の猛将夏侯淵《かこうえん》の系譜が、西晋を経て東晋に至るまで連綿と受けつがれていったさまを検証した。

第二部「風狂と反骨の精神——魏晋南北朝」では、まず魏末、理念的抵抗を続行した「竹林の七賢」をとりあげ、ついですぐれた軍事家にして歴史家だった杜預《どよ》に焦点をあてつつ、司馬懿の孫司馬炎が立てた西晋が全土を統一した概略をたどった。三国時代から西晋さらにはその命脈を受けついだ東晋へと、時の経過とともに、時代の主役となったのは貴族階層である。このため、まず超名門貴族「琅邪《ろうや》の王氏」の王導《おうどう》、王敦《おうとん》、王羲之《おうぎし》らの生の軌跡をたどりながら、貴族文化が洗練されてゆく様相を見た。さらに、東晋に揺さぶりをかけた桓温《かんおん》、この桓温を抑え込んだ謝安を筆頭とする大貴族「陽夏《ようか》の謝氏」にスポットを当て、また謝安の姪の才媛謝道蘊《しゃどううん》にも目を向けた。東晋は不安定な王朝だったが、芸術や思想の面では豊饒であった。そこで、神仙思想家の葛洪《かっこう》、画聖の顧愷之《こがいし》をとりあげ、その一端を紹介した。東晋は五世紀初めに滅亡し、以後、江南では劉宋、斉、梁、陳と、四つの王朝が短い周期で興亡した。いわゆる南朝である。この南朝を象徴する存在として隠遁詩人陶淵明をとりあげ、また『顔氏家訓』の著者顔之推《がんしすい》の数奇な運命をたどりつつ、南朝末期の様相を見た。

第Ⅲ巻「大王朝の興亡　隋・唐―宋・元」は三部構成をとり、合わせて三十項目からなる。

第一部「北方創始の大王朝――隋・唐」では、まず隋の文帝の妻独孤《どくこ》皇后、唐の則天武后《そくてんぶこう》にスポットを当てた。ついで隋の放蕩天子煬帝《ようだい》、唐王朝の実質的な創立者である太宗李世民《りせいみん》のそれぞれの軌跡をたどった。これにつづき、唐が下降へと向かう契機となった晩年の玄宗の姿を、楊貴妃、安禄山との関係性を軸に描いた。唐代は芸術・文化の花咲いた時期であり、輩出した大詩人のうちから、李白、杜甫、元稹《げんしん》、白居易をとりあげ、その生の軌跡と作品をたどった。また、女性詩人の薛濤《せっとう》と魚玄機《ぎょげんき》をとりあげ、第一部の結びとした。

第二部「文治主義の帝国――五代十国から宋」では、まず宋の太祖・太宗が乱世を平定し、新しい時代を築いた経緯をたどる一方、五代十国時代の異色の政治家馮道《ふうどう》、詞《ツー》の名手李煜《りいく》、隠遁詩人林逋をとりあげ、これについで、北宋の王安石、蘇東坡、米芾《べいふつ》らの軌跡を探った。

南宋では、まず政治的人物として秦檜《しんかい》、名将岳飛《がくひ》をとりあげ、その対照的な生の軌跡を見た。また、女性詩人李清照《りせいしょう》、豪快な詞の作者だった辛棄疾《しんきしつ》の生と作品をたどった後、南宋の三大詩人、楊万里、范成大《はんせいだい》、陸游の生の軌跡と作品にスポットを当てた。

第三部「モンゴルの嵐――元」は、まずモンゴル勃興の経緯をたどった後、金の遺民として生きた大詩人元好問《げんこうもん》と戯曲家白仁甫《はくじんぽ》、元に抗い処刑された南宋の詩人文天祥《ぶんてんしょう》をとりあげ、その生の軌跡をたどった。やがて元は衰え、「紅巾の乱」と総称される大反乱が勃発した。この騒然たる転換期における異色の詩人楊維楨《よういてい》をとりあげ、第Ⅲ巻の結びとした。

最後の第Ⅳ巻「変革と激動の時代　明・清・近現代」も三部構成をとり、合わせて二十九項目からなる。

第一部「漢民族統一王朝の復活――明」は、まず明の始祖洪武帝および永楽帝が支配体制を確立した経緯をたどった。ついで、明代中期以降、自前の生きかたや考えかたを案出した人々にスポットを当て、沈周《しんしゅう》、呉中の四才、天才画家徐渭《じょい》、思想家の王陽明をとりあげた。明末に至るや、さまざまな分野において、さらに矯激な形で自己表現を果たそうとする人々が続出した。そのなかから、李卓吾《りたくご》、蔵書家の范欽《はんきん》、戯曲家湯顕祖《とうけんそ》、登山家・紀行作家の徐霞客《じょかかく》、文人張岱《ちょうたい》をはじめとする快楽主義者群像、通俗文学の旗手と呼ばれる馮夢龍《ふうぼうりゅう》、名講釈師柳敬亭《りゅうけいてい》、女性文人の柳如是《りゅうにょぜ》をとりあげ、これらの人々の生きかたと作品を追跡し、多様な角度から明末に生きた人々の姿を探った。なお、第一部の末尾で宦官魏忠賢《ぎちゅうけん》、殺人に明け暮れた張献忠をとりあげ、明滅亡の最終局面をたどった。

第二部「ふたたび北方異民族の支配下に――清」では、まずヌルハチから康熙《こうき》帝までの間に、満州族の清が中国全土支配を確立してゆく過程をたどり、合わせて清の中国支配に功のあった明の降将呉三桂《ごさんけい》のただならぬ軌跡を追跡した。これにつづき、歴史家万斯同《ばんしどう》、戯曲家孔尚任《こうしょうじん》、納蘭性徳《のうらんせいとく》、独特の画風をもつ、明の王族出身の画家八大山人《はちだいさんじん》をとりあげ、満州王朝清の統治が強まるなかで生きた人々の複雑な生の軌跡と作品を探った。

清代中期以降、自由志向、自前志向がさらに深化した形であらわれるようになる。そこで、「揚州八怪」の一人である画家の鄭板橋、『儒林外史』の作者呉敬梓《ごけいし》、大文人袁枚《えんばい》等をとりあげ、それぞれの生の軌跡と作品をたどった。

第三部「王朝国家から近代国家へ――清末から近現代」では、まず西太后をとりあげ、権力への妄執にとりつかれた彼女が、王朝時代の幕引き役を演じた姿にスポットを当てた。ついで、譚嗣同、梁啓超、秋瑾をとりあげ、彼らの鮮烈な生の軌跡を追った。一九一一年、清は滅亡し、中華民国が成立したものの、政治や社会に根底的な変化は見られず、錐もみ状態がつづく。そのなかで、欺瞞の体系の破壊者として闘いつづけた魯迅、長い戦いを経て、一九四九年、中華人民共和国を成立させた毛沢東をとりあげ、それぞれの闘いの軌跡と表現者としての特徴を探った。

以上が、春秋戦国時代から近現代まで全四巻、全百四項目、百名を超える主要登場人物から成る拙著『中国人物伝』の概略である。拙著はせんじつめれば、それぞれの時代をめいっぱい生きた人々の貌をいきいきと蘇らせながら、無数の小さな川が大きな川に流れ込むように、個別の生の軌跡が無数に重なり合い、長い中国史の流れを形づくってゆくさまを、今、ここに具体的に浮かび上がらせることができればと、願う試みにほかならない。

（『學士會会報』九一三、二〇一五年七月）

別章　表現者＝中野重治をめぐって

レトリックから見た中野重治

［没後九年中野重治を偲ぶ 文学講演会／一九八八年一〇月二二日］

井波律子です。私はもともと中国文学をやっております。中野重治につきましては、本当に単なる一読者にすぎません。ですのに、このような席で、中野重治のお話をするのは、たいへんおこがましいことだと思っております。という次第なのですが、ここしばらくいろいろ中野重治の作品を読み、あれこれ考えてみました。これから思い付くままに、しばらくお話させていただきますので、とりとめのない話になるかもしれませんが、しばらくおつきあいください。

1、詩三篇

表現者中野重治の本格的な出発点は、やはりなんといってもあのじょうじょうとした美しい叙情詩にあると思われます。たとえば「わかれ」などは、その初期叙情詩の傑作だと思います。これは、実は私のもっとも好きな作品でもあります。さきほどのすばらしい朗読のあとで、少し気がひけますが読んでみます。

わかれ

あなたは黒髪をむすんで
やさしい日本のきものを着ていた
あなたはわたしの膝の上に
その大きな眼を花のようにひらき
またしずかに閉じた

あなたのやさしいからだを
わたしは両手に高くさしあげた
あなたはあなたのからだの悲しい重量を知っていますか
それはわたしの両手をつたって
したたりのようにひびいてきたのです
両手をさしのべ眼をつむって
わたしはその沁《し》みてゆくのを聞いていたのです
したたりのように沁みてゆくのを

ここでは、悲哀に浸透されたイメージの流れが流麗な言葉使いに乗せてはこばれ、完結したみごとな詩的空間を形作っています。
ところが中野重治は、恐らくはその資質にもっともマッチしていたようにも思える、こうしたじょうじょうとした感受性豊かな叙情詩的世界をみずから否定し、そこから決別して、「歌のわかれ」の言葉を借りるなら、もっと「凶暴なものに立ちむか」っていこうとします。「歌」という詩は、そうしたターニングポイントにあらわれた、やさしき歌、叙情詩への決別の決意表明の趣があります。

歌

おまえは歌うな
おまえは赤ままの花やとんぼの羽根を歌うな
風のささやきや女の髪の毛の匂いを歌うな
すべてのひよわなもの
すべてのうそうそとしたもの
すべてのものうげなものを撥《はじ》き去れ
すべての風情《ふぜい》を擯斥《ひんせき》せよ
もつぱら正直のところを

腹の足《た》しになるところを
胸さきを突きあげてくるぎりぎりのところを歌え
たたかれることによつて弾《は》ねかえる歌を
恥辱の底から勇気を汲みくる歌を
それらの歌々を
咽喉《のど》をふくらまして厳しい韻律に歌いあげよ

それらの歌々を
行く行く人びとの胸郭にたたきこめ

「歌うな」と叙情への傾きにストイックに歯止めをかけて、腹の足しになる、ぎりぎりのところを「歌え」と、ここで中野重治は自分に命令しています。命令形で歌われたこの歌は、自らへのアジテーションのようにも見えます。もちろん、この詩が作られた背景には「新人会」への参加とか、社会主義活動への本格的なコミットがあったことは論をまちません。

以後、中野重治の詩からは、かつてあったはかないような叙情性が一掃され、そうした叙情への断念の上に立つ、むしろゴツゴツした力強さや差し迫ったような緊迫感とかがむきだしの形であらわれてきます。さきほど朗読された「雨の降る品川駅」は、そうした時期の秀作だと思われます。

次にあげました「豪傑」という詩は、制作年代がはっきりしないのですが、やはり、たいへんきっぱりしたうたいぶりで、いわば行動者としての中野重治の理想的イメージを歌いあげたものです。たいへん有名な作品ですから、皆さんご存じだと思いますが、読んでみます。

豪傑

むかし豪傑というものがいた
彼は書物をよみ
嘘をつかず
みなりを気にせず
わざをみがくために飯を食わなかつた
うしろ指をさされると腹を切つた
恥かしい心が生じると腹を切つた
かいしやくは友達にしてもらつた
彼は銭をためるかわりにためなかつた
つらいというかわりに敵を殺した
恩を感じると胸のなかにたたんでおいて
あとでその人のために敵を殺した

いくらでも殺した
それからおのれも死んだ
生きのびたものはみな白髪《しらが》になつた
白髪はまつ白であつた
しわがふかく眉毛がながく
そして声がまだ遠くまで聞えた
彼は心を鍛えるために自分の心臓をふいごにした
そして種族の重いひき臼をしずかにまわした
重いひき臼をしずかにまわし
そしてやがて死んだ
そして人は　死んだ豪傑を　天の星から見わけることができなかつた

ここにあらわれる「豪傑」のイメージは、まことに倫理的でストイックそのものです。まったく「後ろ指」をさされることなどありえない、どうしようもなく堂々としたものです。

善しあしは別問題として、詩人中野重治は「わかれ」の叙情を否定し、こうして行動者の倫理を歌いあげる地点に至ったともいえるかもしれません。

ところが、投獄をへて、いわゆる「転向」体験をもった中野重治はもはや歌うことができなくなります。叙情の世界はすでに否定しさり、行動者のぎりぎりの世界ももはや対象にしえない中野重治は、えんえんと執拗に語り始めるのです。そんな詩から散文へのターニングポイントにあらわれたのが、いうまでもなく「村の家」です。

2、村の家

「村の家」の描写の中で圧倒的な迫力をもって迫ってくるのは、主人公の勉次の父です。たとえば、勉次の父は次のように、獄中転向した息子に迫ります。

「お父つぁんらア何も読んでやいんが、輪島なんかのこの頃書くもな、どれもこれも転向の言いわけじゃってじゃないかいや。そんなもの書いて何しるんか。何しるったところでそんなら何を書くんか？　今まで書いたものを生かしたけれや筆ア捨ててしまえ。

（中略）

「よう考えない。我が身を生かそうと思うたら筆を捨てるこっちゃ。……里見なんかちゅう男は土方に行ってるっちゅじゃないかいして。あれは別じゃろが、いちばん堅いやり方じゃ。またまっとうな人の道なんじゃ。土方でも何でもやって、その中から書くもんが出てきたら、その時にゃ書くもよかろう。それまで止めたアお父つぁんも言やせん。しかし我が身を生かそうと思うたら、とにかく五年と八年とア筆を断て。これやお父つぁんの考えじゃ。お父つぁんから学識アないが、これやお父つぁんだけじゃない、誰しも反対はあろまいと思う。七十年の経験から割り出いていうんじゃ。」

（中略）

「どうしるかい？」

勉次は決められなかった。ただ彼は、いま筆を捨てたら本当に最後だと思った。彼はその考えが論理的に説明されうると思ったが、自分で父にたいしてすることはできないと感じた。彼は一方で或る罠《わな》のようなものを感じた。彼はそれを感じることを恥じた。それは自分に恥を感じていない証拠のような気もした。しかし彼は、何か感じた場合、それをそのものとして解かずに他のもので押し流すことは決してしまいと思った。これは彼らの組織の破壊を通して、自分の経験でこの二年半の間に考え積ったことである。自分は肚からの恥知らずかも知れない。しかし罠を罠と感じることを自分に拒《こば》むまい。もしこれを破ったらそれこそしまいだ。彼は、自分が気質的に、他人に説明してもわからぬような破廉恥漢なのだろうかという、漠然とした、うつけた淋しさを感じたが、やはり答えた、「よくわかりますが、やはり書いて行きたいと思います。」

方言によってトツトツと語るこの父のことばは、生活者の倫理に貫かれ、まったく抗弁しようのないまっとうさに満ちています。この抗弁しようのない堂々たる倫理性は、さきにあげた「豪傑」の倫理性と表裏一体だといえます。あの「豪傑」の倫理性とこの父の倫理性の板挟みにあった勉次は、彼はむろん中野重治自身だといえましょうが、「よくわかりますが、やはり書いて行きたいと思います」と言うよりほかないのです。こうして、書いていくよりほか自分の座標軸を定めえないと、決意した中野重治の「書いていく」ための、基本的な表現方法は、はなはだ図式的な言い方をすれば、かつて歌った「豪傑」の社会的行動者としての倫理性と、「村の家」の父の倫理性、つまり土とともに確固として生きる生活者としての父の倫理性の間に立って、借り物でない自分自身の感覚と言葉をもって、世界、社会といってもいいでしょうが、つまりは外の世界と自己存在の関わり方を徹底的にみつめ、執拗に追及してとらえかえそうとするものだったと思われます。そんな中野重治がもっとも嫌悪するのは、たとえば次にあげた「むらぎも」の一節にみられるような粗暴で、うわすべりな観念性です。

第二学生控所での新人会新入生歓迎会、そこでの青年のわかわかしいあいさつにまじって——かれらは半分冗談のように、自分らは東京帝国大学へ入学しにきたんじゃなくって新人会へ入学しにきたんだというようなことをいった。安吉のように、二年にも三年にもなってから入会するものにたいしては、それはその方が正確なのでもあった。——二三人の新入生の口から出た言葉はたえがたいものに安吉にきかれた。

「今やわれわれの任務は、無産者階級の理論を理論しておるところにはなくて、実に、無産者階級の感情を感情するところにあらねばならぬのであります……」

しばらく我慢していたあとで安吉は目につかぬように席をはずして会場を滑り出た。「ケッタクソのわるい……」といった言い方は従兄の酒屋にいて覚えたものだったが、文句をつければ理窟で負けるだろうと思えるだけいっそう安吉はそんなことをいった学生が不愉快だった。

こうしたそらぞらしさをケッタクソワルイとして拒否する中野重治は、「感覚の人」として、あらゆる事象をお仕着せの言葉や表現を排除して、語ろうとします。そんな中野重治の表現者としての姿勢に、感受性の豊かな叙情詩人が煉獄を経てよみがえったような趣きさえ感じられます。

3、感覚的表現

そこで、いよいよ本題の作家中野重治のレトリックの話になるわけですが、ここでレトリックといいますのは広く「表現方法」というくらいの意味でとっていただきたいと思います。

中野重治のレトリックの目につきやすい最大の特徴は、すでに多くの方が指摘されておりますように、ありとあらゆる感覚をはたらかせて、表現しようとする対象を、ためつすがめつ徹底的に言葉を尽くして語り尽くそうとするところにあります。

たとえば、Ａ「歌のわかれ」とＢ「梨の花」の描写は、そのもっとも見やすい例です。Ａ「歌のわかれ」の中の方はよく引用される箇所ですが、ここで主人公の彼、つまり四高生である片口安吉が女学生とすれちがう時に感じる、いわば羞恥と欲情が入り交じったような感覚を表現したものです。

（Ａ）

二年ほどこっち、彼にはいまく〳〵しい癖が出来ていた。三四人以上かたまった若い女や女学生などを追い越す途端に——彼女達は歩くのが遅いので追い越さぬというわけには行かなかった。——背中の下の方に一ぱいに虫が湧いたような感覚が出来て、それが背中を通って頭の髪の毛の中まで蠢めいて昇るのだった。虫は足の何本もある蟻のようなもので、大きさは蟻の十分の一くらい、それが大速力で頭まで昇って、そこでわっと一つひしめいて毛孔へ吸いこまれるように消えるのだった。あとには頭の地の火照りだけが残った。それもすぐ消えた。わっと湧いてから毛孔へ吸いこまれて頭の地の火照りも消えるまでが三十秒くらい、追い越す途端に彼は「来るぞ！」と思うのだった。そしてその通りに来た。今日は彼は「来るぞ！」とは思わなかった。「来るかな？」と思ってそれが来なかったのであった。

ここで中野重治は羞恥とか欲情とかいった使い古された言葉をけっして用いることなく、自らに独自な感覚そのものとして表現しようとしています。ここでは、そうした感覚が、「虫がわっと湧いてから毛孔へ吸いこまれる」というふうに触覚としてあらわされています。この描写は細密をきわめ、おびただしい言葉が費やされています。

Ｂ「梨の花」の例も同様で、こちらの方は、主人公の良平少年が、谷口タニという同級生とわけもわからず噂を立てられ、はやしたてられて、ほとんどノイローゼのようになっている状態を描写したものです。

（Ｂ）

町へ使いに行く。役場へ使いに行く。学校からみんなで遠足に行く。その途中で、いつどこからそれが飛びだしてきて、良平のからだにべたりと貼りつくかわからない。それは飛びだしてきて、いきなりべたりと良平の背なかに貼りつく。うなじのところへ貼りつく。胸とか腹とか、前の方へは決して貼りつかない。貼りついたとわかっても、手を伸ばして剝ぎとることができない。首の裏だから、顔をねじてそれを見るということができない。守宮《やもり》みたようなものにとまられて、ひやりとする吸盤で吸いつかれたまま、吸盤のぽつぽつを見えぬ部分の皮膚に感じたまま、人はみなそれを見ているが、自分だけは見ることができないで、しかもつめたく吸いつかれていることも、人からみな見られていることも、全部知らぬ顔でずうっと我慢しとおさなければならない。ただそのままで、我慢することだけのできること。背なかを揺すぶって振りおとすこともできない。犬や、ときには馬さえもやるように、背なかで地面にころがってごろごろ痒いのを掻くようにすることもできない。それはほんとうにつらかった。ひと声だけで、良平が、ほおずきの芯を抜かれたようになくなっとなる。からだがそうなってしまう。「たか……」と耳にはいっただけではっとなってしまう。「たか……」——そこでもう、良平は、けっして、だれがそれを言いかけたのか、その方角へ眼をやることだけでもできなくなる。良平は、うつ向きもせず、仰《あお》向きもせず、横眼もせず、いままでのままでまっすぐに見てまっすぐに歩いて行くほかはない……

ここでもからかわれる時のなんともいえない「イヤな感じ」だけが、触覚的にとらえられています。

これらの例において明らかなとおり、中野重治は「感覚の人」といわれますように、なんらかの事態に直面した時、まずもって感覚でうけとめ、その瞬間的な感覚の動きというかうごめきというか、を執拗に綿密に描写しようとしています。この饒舌な細密そのものの感覚描写が、中野重治のレトリックの最大の特徴といえるでしょう。何故彼は、こんなに直接感覚にこだわるのか。そこには、先の「理論を理論し、感情を感情する」といった、ガサツな観念のみが先走る非文学的な、政治言語への嫌悪感があるとも考えられます。

こうした饒舌による細密描写は、中野重治の作品のいたるところに見られ、たとえばC「むらぎも」の例のように、単なる情景描写においても顕著にあらわれます。

（C）

冬になると藁仕事が始まる。部落のあちこちの仕事小舎にあつまって、少年、青年、おやじたちが、草履つくり、草鞋《わらじ》つくり、俵編み、むしろ織り、縄ない、わらぐつ編みをやる。さい槌の音、むしろ織《ばた》の鈍重な筬《おさ》の音、新藁の清潔で乾いたぱさつく音、れんじ窓から射した光りの幅のなかで踊っている藁の微塵、それにまみれて、中年で口わるのおばさんなどがまじって湧くさかんなお喋り。安吉の祖父も父もそこにはいなかったが、子供の安吉はそこで藁うち、縄ないを覚え、草鞋つくり、草履つくりもいつかそこで正規に覚えたのだった。綿入れ胴服で着ふくれた小さい安吉がある日その小舎へはいって行った。どっという笑い声のしまいのところがそこにあった。性的なことかを誰かがしゃべったところらしく、そのとき誰やらが誰にともなしにこう訊くのが安吉にきこえた。

このように次から次にと言葉をならべ、たたみかけていく表現方法を「列叙法」といいますが、これは「わら仕事」なら「わら仕事」の共同作業のわきたつような雰囲気を、あますところなくビッシリと描き尽くそう、再現し尽くそうとする方法です。中野重治自身の言葉を借りるなら、これこそ「中身のつまった」表現といえるでしょう。

実は中野重治にみられるこうした饒舌体は、スタイルとしての饒舌体という点から見れば、彼とほぼ同時代をくぐりぬけ、類似したいわゆる「転向体験」をもつ文学者である、たとえば武田泰淳とか花田清輝などにも共通するものです。これらの人々は、総じて表現対象に執拗にからみつき、さまざまな角度から対象を描き尽くそうとします。彼らには文学空間を言葉で埋め尽くそうとするような、一種壮絶な態度が感じられます。

4、対他感覚――違和感の表現

さて中野重治に話を戻しますと、感覚をもって事象をとらえようとする中野重治の描写のうちで印象的なのは、他者のとらえかたです。中野重治の人間観察には、たいへん鋭いところがあると思われますが、これもまた、ある人物なら人物のふとした一瞬の動作とか言葉のうちに、違和感を抱いてハッと反応し、まざまざとその矛盾の露呈したさまを感じ取るという具合におこなわれます。次にあげますのは「むらぎも」の一節で、貴族の出身で新人会の一員でもある沢田という人物の屋敷を、訪れたくだりです。

さっきの老女がそこへ茶の盆を運んできた。安吉も沢田も茶碗を口へもって行った。「つまりあの程度のことで、連中はポピュラーだなんてことを受けとってるのだナ……」と安吉が思ったとき、とつぜん沢田が、前後錯乱したような、ものをひき裂くような調子で――しかし決して口を大きくあけなかった。――年取った女へ叱りつけた。

「どうしたんだ、これ？　つめたいじゃないか？」

それは、恐ろしく冷たい、相手にさむ気をかぶせるといった口調だった。安吉は飲んでしまっていたが、なるほど紅茶は、湯気が立っていたがいくらかぬるくなっていたのだった。

「失礼を、いたしました。」

背の高い、容貌の立派な年よりは、そのままで深くふかく頭を下げた。沢田はふるえていた。白い顔がいっそう白くなり、癲癇《てんかん》めいた発作《ほっさ》でもがつづいて起るのではないかと思われるくらい目だけが光っていた。頭を深くふかく下げた老女の姿は、奴隷的なままで威厳を持っていた。そのままで老女は出て行った。悪夢のようなものから解放されて安吉はほっとした。

それは小さいなりに強い印象を安吉に残した。もともと沢田は、上流に育った、ごく人のいい青年として安吉に映っていた。さめたお茶を持ってこられて、沢田がいきなり怒りだしたことはわからぬではない。ただ安吉には、沢田のやり方が、どなりつけるという調子でなかったことで底気味わるかった。大声でどなりつけられる方が、叱られる方としては気がラクなのではないだろうか？　口を大きくあけないで、肉を鋏で切るかするような調子でやられたのでは、年よりとしてとてもたまったものではなかろう。あれは、子供のときからの育ち方からきた、音が外へもれぬようにしてやられる、いちばん効き目のある拷問風のやり方だろう。ああいう調子が、家庭のなかで、時間をかけて教えこまれてるのだ。ああいう層では、ごく自然に、子供にまでもそれが教えこまれているのだろう。沢田のなかのマルクス主義と、ほんの日常の、女中にたいする主人としての態度とが、矛盾として本人にてんで映《うつ》ってこないのだろう。大奥風、御殿女中式だ。つまりそこに、文学が——マルクス主義文学とまではいわない。——ないのだ。語るに足らぬというのではない。しかし語りにくいことだ。特に二つのことで沢田に訊きたいと思ってきたことが、訊く気がなくなって、それでも安吉は、こわばった空気をいくらかでもごま化したい気持ちから、あとあれこれとしばらく話して沢田の家を出た。

中野重治はこうして沢田という人物の矛盾を、その鋭敏な感受性というか、感覚によって苛責なく描き出すのです。この描写方法もまたご覧のとおり微に入り細にわたっています。

5、対自感覚——自己分裂

このように他人の矛盾に過敏な中野重治は、自分自身の矛盾に対しても大変過敏だったと思われます。中野重治はその作中人物に、しばしばまるで自己分裂しているかのように、自分をみつめているもう一人の自分の存在を感じさせる表現をおこないます。たとえば、「歌のわかれ」の、

「監獄の人間だからというので返事もして貰えぬわい……」

正確には聞き取れなかったがそれはそういう意味の言葉であった。安吉はぼんやりつっ立ったまま、一かたまりになって役人に引率されて帰って行く彼等の後姿を見送った。彼は非常につらく、気の利かぬ自分の性癖に足ずりするような敵意を感じた。

「本当にそう取ったんだろうか？　しかし冗談だったかも知れぬじゃないか？　しかし冗談だったにしろ、ああなると、そのまま持ってかえっちまうんじゃないか……」

安吉はもう一度画架へ向かったが興味は失われていた。陽もかなり斜めになって、建物の影は並木の土堤をすっかり暗くしてしまっていた。

とか、

「佐野の無礼は許せるが、佐野の無礼をお前が許すことは許せぬぞ」

彼は細い三角鑿《のみ》へちらりと眼をやったがそれはそのままにした。それは鋭いだけに肉のなかで折れる心配があった。

とかがそうです。これは「自我の分裂」をあらわすといってしまえば、身もふたもありませんが、ここには確かに、自己矛盾の批判者としての、たいへん倫理的なもう一人の自分が意識されています。

もっともこうした、もう一人の自分を設定するという特徴はすでにその詩のなかにもあらわれています。

夜の挨拶

また夜が来た
壁の上の影法師君
夜がまた来たのだ
僕はちよつと行つてくる
あすこへ行つてちよつと一ぱい飲んでくる
壁の上の兄弟
退屈だろうが
しばらくひとりで我慢してくれたまえ
僕はじきに帰つてくる
そして帰つた上でならそれは君
君はまたいつものように
僕を泣かしてあすべばいいだろう

君の膝のところで
僕はおとなしく泣いていようから
では君　壁の上の兄弟
僕はちよつと行つてきます

ただここでは、分裂しているもう一人の自分は、倫理的批判者というより、もっと馴れ合った「悲哀」の情緒の擬人化の様相を帯びていますけれども。

ともあれ中野重治はともすれば分裂してしまう不安定な自分をかかえていたともいえます。だから、その精神の傾向性として、つねに自己検証というか自己確認というか、つまりはいつも確かめようとする傾向性が万事にわたって顕著だと思われます。

6、類似感覚の追求——その遡及性

たとえば、また感覚の話に戻りますが、ある感覚を抱いた時、中野重治はしばしばそれと類似した感覚を、記憶の中から、よみがえらそうとします。過去の類似した感覚と重ね合わせることによって、その感覚を確かめ、定着させようとするのだといえるかもしれません。中野重治ほど「思い出す」とか「思い出される」とかいう言葉を使う作家はないように思います。たとえば、「むらぎも」

の例がそうで、さわりだけをはしょってあげます。

「あれは秋だったナ……去年だ。」

そのことがふいに安吉に思いだされ、それを、この頃二三度も思いだしたことが同時に思いだされた。

（中略）

「たしかこのへんだったよ、あれは……」

それをいま安吉が思いだしていたのだった。そして一足とびに、今しがた出てきた歓迎会のことを思いだして、「何だ、ケッタクソのわるい……」と心でつけ足したのだった。するともう一つケッタクソのわるかった記憶、その日あれから沢田のところへ行って、それから帰って、とうとう泉教授と喧嘩してしまったその日一日のことがぱっぱっと思いだされた。

（中略）

「ケッタクソのわるい……」

今の言葉でそれ全部を安吉が思いだしたのだった。

「あれは秋だったナ」からはじまる、この「思い出し」操作、つまりは過去の類似感覚の追及はエンエン数ページに渡って続きます。もともとは、先の2にあげた「今やわれわれの任務は」云々という演説を耳にした時に感じた「ケッタクソのわるさ」がはじまりで、それから、次から次へと「ケッタクソ」のわるかった記憶がずるずると引き出されるという具合になっているのです。

この例に明らかなように、中野重治はつねに類似した感覚を求めて過去の記憶にさかのぼろうとする傾向がきわめて強く、そうした表現のしかたが多いといえます。それをここでかりに「遡及性」と名付けてみました。

これはまったくの余談なのですが、私は事実はどうだったか知りませんが、中野重治はいわゆる「方向音痴」だったのではないかと思っています。なるほど作品の中には、おびただしい風景描写が出てきていますが、なんだか方向感覚がまったくなく、ただとめどなく広がるばかりで、その茫漠とした風景の中をひたすら作中人物が歩きまわっているという印象をもちます。中野重治の作品の中には東西南北といった方位をあらわす言葉はまったく出てきませんし、「むらぎも」の中には、

おれには方位感覚がない。何かそこに欠落がある。浅草へ行く。活動を見て出てくると街がまわっている。

という表現もあります。これは、まったく方向音痴の感覚にほかなりません。と、非常に断言的ないいかたをしましたのは、実は私自身ひどい方向音痴なので、こういう感覚というのはよくわかる

のです。方向音痴は方角がわかりませんから、何か目印を必要とします。目立つ建物とか家とか。だからはじめての見知らぬ所を歩くのはとても不安です。概して横に広がるものは不得手で、縦が得意です。などなどと妄言を費やしましたのは、だからこそ中野重治は、時間的な目印を求めて、感覚のよりどころを類似した過去の記憶という「たて」の軸のなかに探ろうとしたのではないかと、ふと思うのです。

7、原点への回帰――梨の花

これは本当に余談ですが、中野重治には「思い出す」、つまり過去へさかのぼろうとする精神的傾向があったことは、やはり確かだと思います。そうした資質のまにまに身をゆだね、原点ともいうべき過去へ回帰したのが「梨の花」ではないでしょうか。少年の目の高さをけっして越えないように、つまり大人の視点を導入しないように、慎重に配慮しつつ表現されたこの「梨の花」の世界には、寺田透氏がいわれるように、おだやかな幸福感にあふれた村の家の少年時代が、本当に見事に描き出されていると思います。ここに見られる幸福感は、中野重治の資質が、アイデンティティをもって、つまり苦しい自己分裂、二重性を味わうことなく、流れるように自己の資質を発揮したところから、かもしだされていると言えるでしょう。

ここで思い出されるのが同じように、故郷における少年時代をテーマにした魯迅の短篇小説「故郷」です。魯迅のこの作品は、「梨の花」とは異なり、大人の視点が導入され、もちろん制作の意図も異なります。また、魯迅に関する文章をいくつも書いている中野重治が、「梨の花」を書いた時、魯迅の「故郷」を意識しなかったはずはないと思います。

こうしたことを充分考慮に入れた上で、なおかつ、私は「梨の花」と「故郷」を比較してみた時、ある意味で同時代性をもつ魯迅と中野重治の資質および、根本的な姿勢の相違というものを、いまさらのように感じずにはいられません。それはむしろ日本と中国の精神的風土の差だといえるかもしれません。

たとえば、「梨の花」のなかで、村の小学校からたった一人中学に進んだ良平少年は、村の幼なじみや同級生にたいして、

すずやはまが朝鮮から帰ってきたときは、きれいで、かわいらしくて、なんとなく村の子供のなかで目立っていたが、いつのまにやらみんなといっしょくたになっている。それにひきかえて、良平のほうは、尋常科のときとちがって、きれいな少年たちに取りかこまれている気がする。万石などは、ほんとに美しい顔をしている。色が白くって、いかにも健康らしく頬や顎や耳たぶがあかい。皮膚が光っていて、「鼻すじが通る」というのは、あんなのをいうんだろうというような鼻をしている。そのうえ、おとなしくて清潔だ。本多なども、林の鼎《かなえ》のおっかさんののような、弓なりに持ちあがった高い鼻をして、歯が白くて揃って光っている。彼らはイ

ンキ消しなどいうものも持っている。ペンで書きぞこないをすると、ガラスの小びんを出して、そこからガラスの小さい棒を出して——その棒の頭にゴムが着せてあって、それがびんの栓になっている。栓をすると、ガラスの棒はびんのなかの水ぐすりに漬《つ》かるようになっている。——そのさきについた薬でインキの字を撫でる。鼻へつんとくる匂いがするが、そうすると見てるまにインキの字が消える。良平のように、指でこすったりはしない。指でこすると、紙がこすれてきてしまいにそこが破れる。そういう連中が、「金沢の辞林」とか「大槻の言海」とかいう字引を使っている。「カナザワ」は金沢、「オオツキ」は大槻、「ゲンカイ」は言海だとあのあと良平は教わったが、『言海』そのもの、その品物はまだ見ていない。そしてまだ見ないながら、インキ消しなども、自分で買おうとは思ってもみないながら、そういうまわりのなかへ良平自身がだんだんとけこんで行くように思う。広瀬が、おとっつぁんの荷車曳きを手つだいながら、高等科へ行って勉強しているところなどからは次第にはなれて行く。となりの一郎とさえいつのまにやら遊ばなくなっている。家にいないのだから仕方がない。仕方はないが……とつい思う。

と感じるだけです。ここには鋭い断絶感というものはありません。

これに対して、魯迅の方は、かつての幼なじみルントゥに再会した時に感じた衝撃をこう表現します。

「ああ、閏《ルン》ちゃん——よく来たね……」

つづいて、多くの言葉が、数珠《じゅず》のようにつながって後から後から湧き出ようとした。角鶏、跳ね魚、貝殻、猹《チャー》……だが、それらは、何物かにせきとめられたような感じがした。頭のなかで、ぐるぐる廻っているだけで、口から外へは飛び出して来なかった。

彼は立ちどまった。顔に、喜びと、寂しさの表情があらわれた。唇を動かしたが、声にはならなかった。ついに、彼の態度は、仰々しいものに変った。そして、ハッキリとこう挨拶した。

「旦那さま」

私は身ぶるいしたような気がした。私たちの間に、すでに悲しむべき厚い壁が築かれたことをさとった。私は、口にする言葉を失った。

「梨の花」にあふれる幸福感と、「故郷」のえぐるような鋭い絶望感はきわめて対照的です。善しあしの問題ではなく、中野重治にとって村の家、村の倫理、そして幸福な幼年時代は原点として回帰しうる肯定的なものにほかならず、魯迅は自らをもふくめて故郷もまた自己否定の対象とせざるを得なかったといえます。同時代性をもったこの二人の対照的な姿勢は、多くの問題をなげかけるようにみえます。

中野重治のレトリックの特色、饒舌な感覚描写、その過去への遡及性について、思いつくままお話しさせていただきました。

以上、はなはだまとまりのない話になってしまいましたが、わたくしの話はこれまでとさせていただきます。

［未発表］

著訳書一覧

一九七七年　『三国志』1（共訳）筑摩書房（世界古典文学全集24A）→『正史三国志1』「魏書Ｉ」（共訳）ちくま学芸文庫（一九九二年）／『正史三国志2』「魏書Ⅱ」（共訳）ちくま学芸文庫（一九九三年）

一九八二年　『三国志』2（共訳）筑摩書房（世界古典文学全集24B）→『正史三国志5』「蜀書」（訳）ちくま学芸文庫（一九九三年）

一九八三年　『中国人の機智――『世説新語』を中心として』中公新書→『中国人の機智――『世説新語』の世界』講談社学術文庫（二〇〇九年）

一九八七年　『中国的レトリックの伝統』影書房→講談社学術文庫（一九九六年）

一九八八年　『世説新語』（鑑賞中国の古典14）角川書店

一九八九年　『読切り三国志』筑摩書房→ちくま文庫（一九九二年）／潮文庫（二〇〇二年）

一九九二年　『中国のグロテスク・リアリズム』平凡社→中公文庫（一九九九年）

一九九三年　『酒池肉林――中国の贅沢三昧』講談社現代新書→講談社学術文庫（二〇〇三年）

　　　　　　『中国のアウトサイダー』筑摩書房

一九九四年　『三国志演義』岩波新書

一九九五年　『三国志を行く――諸葛孔明篇』新潮社

一九九六年　『三国志曼荼羅』筑摩書房→岩波現代文庫（二〇〇七年）

　　　　　　『破壊の女神――中国史の女たち』新書館→光文社知恵の森文庫（二〇〇七年）

　　　　　　『中国史重要人物101』（編著）新書館

一九九七年　『裏切り者の中国史』講談社選書メチエ

一九九八年　『中国文学―読書の快楽』角川書店
二〇〇〇年　『中国的大快楽主義』作品社
　　　　　　『百花繚乱・女たちの中国史』（NHK人間大学）日本放送出版協会
二〇〇一年　『中国文章家列伝』岩波新書
二〇〇二年　『中国幻想ものがたり』大修館書店
　　　　　　『中国の隠者』文春新書
二〇〇三年　『三国志演義』1～3（訳）ちくま文庫
　　　　　　『中国文学の愉しき世界』岩波書店→岩波現代文庫（二〇一七年）
　　　　　　『三国志演義』4～7（訳）ちくま文庫→講談社学術文庫［全4冊に統合］（二〇一四年）
二〇〇四年　『中国ミステリー探訪―千年の事件簿から』NHK出版
　　　　　　『『三国志』を読む』岩波セミナーブックス
二〇〇五年　『故事成句でたどる楽しい中国史』岩波ジュニア新書
　　　　　　『奇人と異才の中国史』岩波新書
　　　　　　『三国志名言集』岩波書店→岩波現代文庫（二〇一八年）
　　　　　　『表現における越境と混淆』（井波律子・井上章一共編）国際日本文化研究センター
二〇〇六年　『中国の名詩101』（編著）新書館
　　　　　　『『論語』を、いま読む』（鶴見俊輔と共著）編集グループSURE
二〇〇七年　『トリックスター群像　中国古典小説の世界』筑摩書房→潮文庫（二〇二三年）
二〇〇八年　『中国名言集　一日一言』岩波書店→岩波現代文庫（二〇一七年）
　　　　　　『中国の五大小説（上）』岩波新書
二〇〇九年　『幸田露伴の世界』（井波律子・井上章一共編）思文閣出版

『中国の五大小説（下）』岩波新書

二〇一〇年　『中国名詩集』岩波書店→岩波現代文庫（二〇一八年）

二〇一一年　『キーワードで読む「三国志」』潮出版社→潮文庫（二〇一九年）
『中国侠客列伝』講談社→講談社学術文庫（二〇一七年）

二〇一二年　『論語入門』岩波新書

二〇一三年　『一陽来復』岩波書店→『新版 一陽来復』岩波現代文庫（二〇二三年）
『水滸縦横談』潮出版社→潮文庫（二〇二〇年）
『世説新語』1（訳注）平凡社東洋文庫

二〇一四年　『世説新語』2～5（訳注）平凡社東洋文庫

『中国人物伝』1～4　岩波書店

二〇一五年　『史記・三国志 英雄列伝　戦いでたどる勇者たちの歴史』潮出版社→潮文庫（二〇二一年）

二〇一六年　『完訳論語』岩波書店

二〇一七年　『水滸伝』1～4（訳）講談社学術文庫

二〇一八年　『水滸伝』5（訳）講談社学術文庫
『中国奇想小説集　古今異界万華鏡』平凡社

二〇一九年　『書物の愉しみ　井波律子書評集』岩波書店

二〇二二年　『ラスト・ワルツ　胸躍る中国文学とともに』（井波陵一編）岩波書店

二〇二三年　『時を乗せて 折々の記　中国文学逍遥1』
『汲めど尽きせぬ古典の魅力　中国文学逍遥2』
『楽しく漢詩文を学ぼう　中国文学逍遥3』（井波陵一編）本の泉社

編者あとがき――「中国文学逍遥」全三冊の編集を終えて

まず本企画実現の経緯について簡単に述べておきたい。

井波律子が二〇二〇年五月十三日に逝去した後、岩波書店の古川義子さんのご協力を得て、絶筆「わたしの水滸伝」(第一部)を中核に、エッセイ集『ラスト・ワルツ　胸躍る中国文学とともに』(岩波書店、二〇二一年二月。以下『ラスト・ワルツ』と略称)を上梓したが、それからしばらくたった二〇二二年夏、同書編集の基礎作業として作成した井波律子の「書いたもの一覧」を眺めているうちに、単行本に収録されていない各種新聞の連載エッセイをデータ化して集約したいと思うようになった。一九七〇年代後半に始まるエッセイを一字ずつ打ち込んで、過去のさまざまな「時」を「いま―ここ」によみがえらせ、あらためてその声に聞き入りながらともに過ごしたいという、まったく私的な動機によるものである。

ところが、入力作業を続けていく過程で思いがけない原稿を「発掘」した。第三冊に収録した「レトリックから見た中野重治」である。中野重治についての講演は、『中国的レトリックの伝統』(影書房、一九八七年)が刊行された翌年、「レトリック」にちなんで金沢大学の同僚から依頼されたものだが、その原稿は本人がワープロ入力し、しかも手書きで補訂まで加えた、いわゆる「完全原稿」である。それにもかかわらず、これまで活字化されたことはなかった。

終わりの部分で魯迅との比較がなされているものの、やはり中国文学と直接関わりのないことが、タイトルに「中国」を含んだ以後の著作に収録されずに終わった理由かも知れない。しかしながら、三国六朝の表現論・詩人論に始まり、正史『三国志』や『論語』、さらには白話小説にまで展開されたレトリック論の見事な応用篇であることは確かである。


思いがけない「発掘」によって私の方針も一変した。この原稿を組み込むべく、単行本未収録の文章を読み直して一冊の本（らしきもの）に仕立てようと考えたのである。「書いたものの一覧」から選び出した文章をいま一度コツコツ入力し、いくつかのカテゴリに分けて編集した後、そのフォルダに「時を乗せて――井波律子の遺《おく》り物」と名づけた。もちろんあくまで個人的な思い出のためであり、出版を考えていたわけではない。しかし私のこの作業を知った旧知の編集者から公刊すべきであると勧められ、話が具体的に動き始めた。

まず、『一陽来復』（二〇一三年）を岩波現代文庫に収めるに際して、担当の入江仰さんのお勧めにより、新聞の連載エッセイから京都新聞「天眼」掲載分が増補されることになった（『新版　一陽来復』として二〇二三年一〇月刊行）。そして、中野重治論を含む文章の数々は、井上一夫さんのご尽力により、斬新な構成のもと、「中国文学逍遥」全三冊として新たな命を吹き込まれるという幸運に恵まれる。

いま本の泉社で編集の仕事に携わっておられる井上さんは、かつて岩波書店に在職されていたとき、一九九〇年代からずっと井波律子の仕事を見守り続け、絶えずユニークな企画を持ち込まれては、それらを必ず実現に導いてくださった名編集者にほかならない。ただ職務の関係上、井上さんが編集担当者という立場で始めから終わりまで直接携わった著作はただ一冊、岩波新書『三国志演義』（一九九四年）だけであった。今回じつに三十年ぶりにご本人のお手を煩わせることとなったのである。編集に先立ち、井波律子の遺影に向かって深々とお辞儀する井上さんの後ろ姿を拝見した時、二人のタバコの吸殻の山に比例するように盛り上がった「愉しき世界」の光景が次々によみがえってきた。感無量というほかない。

＊

「刊行にあたって」で記したように、この三冊に収めた文章はすべて、生前刊行された単行本に収録されておらず、今回初めて上梓されるものばかりである。それにしても、いまなお三分冊に構成できるほど、多岐にわたる文章を書き綴っていた井波律子の筆力にはあらためて驚かされた。しかも内容を子細にみるなら、これまでどうして本にしなかったのか、不思議に思えるものが多い。分量的な制約があったり、うまくテーマと合わなかったりして、やむをえず割愛したものであろう。結果として、この「中国文学逍遥」全三冊は井波律子の新たな魅力を伝えるものとなった。

この三冊それぞれの内容については、各冊の編者解題に要点をまとめているが、ここであらためて、それぞれの特徴と井波律子の他の著訳書との関連を補足しておく。

第一冊『時を乗せて　折々の記』は身辺雑記を含む折々のエッセイで構成されている。こうした性格を持つ著書としては、先に挙げた『一陽来復』があり、また、『中国文学の愉しき世界』(岩波現代文庫、二〇一七年)や『ラスト・ワルツ』にも同様の文章が収められているが、ここまで幅広く網羅したエッセイ集は他にない。すでに編者解題に記したように、「エッセイを通じた自分史」という趣を持つ、特色ある一冊になった。

第二冊『汲めど尽きせぬ古典の魅力』は専門の中国文学を対象としているため、著訳書のほぼすべてが関係する。井波律子の歩みを大きくたどるならば、吉川幸次郎先生からきわめて高い評価をいただいた『文心雕龍《ぶんしんちょうりゅう》』に関する卒業論文を皮切りに、三国六朝の表現論・詩人論を専攻し、正史『三国志』の翻訳と『世説新語』の熟読を経て独自の領域を切り開く一方、桑原武夫先生の『論語』注釈の「お手伝い」や、「別世界への夢想」をいざなう神仙思想に対する深い関心を契機として、対象を俗文学にまで広げながら、中国の思想的・文化的特質を追求するという流れであった(この点について詳しくは、『新版　一陽来復』の解説「自由に生きる」を参照していただければ幸いである)。この第二冊もそのなかに位置づけられる。なお、読者の参考のために、第三冊に年代順の「著訳書一覧」を付して、単行本出版の歩みを縦覧できるようにした。

第三冊『楽しく漢詩文を学ぼう』はインタビューと講演を中心に構成した。これは井上さんの卓抜なアイデアによるものであり、これまでの著書には見られないスタイルだと言えよう。井波律子はいろいろな場所で講演するにあたり、それぞれの場に即して様々な工夫を凝らしていた。中国文学の世界に誘《いざな》う「案内者」たらんとする姿勢がよくうかがえる。ただ、講演のいくつかは主催者の録音にもとづいて単行本や独立の冊子になっているとはいえ（岩波セミナーブックス91『三国志』を読む』、富山市教育委員会の市民大学叢書81『中国古典小説の愉しき世界』など）、多くはせいぜい簡単なレジュメが残されているにすぎない。第三冊第Ⅰ章に収めた四点の講演記録は貴重なドキュメントであり、ここでは内容もさることながら、語り口を味わっていただきたいと思う。なお、愛知県国語教育研究会高等学校部会での講演「中国の異才たち——陶淵明から揚州八怪まで」は、かつて金沢大学で井波律子の授業を受け、卒業後、愛知県の高校の先生になられた方々のお招きによって実現したと聞いている。

ちなみに、語りの文章のきわだった特徴として挙げられるのは、「場の雰囲気」ではないだろうか。インタビューであれ、講演であれ、相手との呼吸が合えば、話も俄然盛り上がる。井波律子はそれを「ライブ感覚」と称して、いつも大事にしていた。あらかじめ計算され尽くした、いわばシナリオ通りの進行には、たとえそれがうまくいったとしても、どこか物足りなさが残るものだ。思いがけずノリが良くなった講演中の愉快なエピソードをいくつか記しておく。

（一）日文研の退職記念講演で「三国志」の話をした時は、様々な事情によってほとんど準備ができなかったが、手慣れたテーマということで、度胸を決めて思いつくままましゃべっているうちに、

「アホの劉禅《りゅうぜん》」と口走ったところ、満場大爆笑。あとで同僚から「あれはよかった」とお褒めの言葉（？）を頂戴した。

（二）京都の泉屋博古館《せんおくはくこかん》に出かけた時、講演前に係りの人から「今日は何に乗っていらっしゃいましたか？」と尋ねられたので、「自転車です」と答えたところ、すかさず聴衆のお一人が、「そら、井波センセは自転車やわなあ」と合いの手を入れられたので、会場の雰囲気が一気に和んだ。

（三）岩波書店の市民セミナーで正史『三国志』の話をしている最中に、引用文の該当ページがなかなか見つからずに焦っていたら、前の席に座っておられたご年配の方が、「いいから、いいから」とやさしく声をかけてくださり、他の皆さんもにこやかに相槌を打たれた。

（四）さらに、これは画面越しだが、教育テレビの「NHK人間大学」で「百花繚乱・女たちの中国史」全十二回を担当した時、どこかの回でフリップがテーブルからずり落ちた際、思わず「あら、落ちちゃった」と言ったところ、視聴者から「あれがなんともよかった」という反応をいただいた。

＊

井波律子の「昔の物」は、いくつかの段ボール箱に収められたまま、ずっと手付かずだった。箱の中身について具体的に教えてもらったこともなく、こちらから聞こうとしたこともない。二〇〇六年夏以降、それらの箱は本人ではなく、私の住まいの方に置いてあったのだが、十四年近く特に意識することもなかった。もっと歳を取ってから……と、お互いに思っていたのだろうか。

初めてその箱を開けたのは二〇二〇年の年明けである。井波律子が『週刊文春』の「新・家の履歴書」のインタビューを受けるに際して、京都千本の旧宅の見取り図を作成する上での参考資料を探す必要に迫られたためだったが、確認作業は私が受け持ったので、本人は箱の中身を見ていない。私も参考資料を見つけることに気を取られて、他の品々をじっくり眺めることもなかったし、それから半年も経たないうちに、遺品を整理するために再び開けることになろうとは、もちろん夢にも思わなかった。

ご両親のおかげと言うべきか、それらの遺品には小学校時代のものも数多く含まれており、全学年の通知表、夏休み・冬休みの学習帳や各種の賞状のほか、予防接種の証明書、水泳の級別テストの合格証といったものまで、きちんとまとめられていた（残念ながら貸本屋の会員カードは無かった）。最初に通った高岡市の平米《ひらまい》小学校、「緑のマント」を着て二度の冬を過ごした博労《ばくろう》小学校……それぞれの学校で表彰された賞状を眺めていると、『時を乗せて　折々の記』の冒頭に収めた「私のロ－カリズム」にみなぎる本人の興奮が伝わってくるようだ。

亡くなった直後、なぜか分からないが、素足に下駄を突っ掛けた女の子が、「おかあちゃん！」と言いながら、こちらに背中を見せて駆け去って行く姿が浮かんだので、「ああ、一番幸せだった時代に帰って行くんだなあ」と、ほんの一瞬だけ心慰められたが、遺品の中には小学一年生の時の絵日記もあり、その冒頭に、きょうからにっきをつけることにしました。がっこうからかへってきてからべんきょうして、おかあさんのかたのこうやく〔肩の膏薬――編者注〕をかってきました。そうしたらおかあさんにほめられました」（一九五〇年六月一二日）

と記されているのを読んで、あの後ろ姿は紛れもなく本物だったと確信している。

貸本や映画に夢中になった千本時代の最後の年（一九五五年）、小学六年生の夏休みの日記帳も残されており、

お父さんと映画をみにいった。『アッカマ氏とオヤカマ氏』と『べにくじゃく〔紅孔雀――編者注〕』だった。『べにくじゃく』は、お父さんはつまらないとおっしゃったが、私はとてもおもしろかった。（七月二六日）

夕方からお父さんと映画にいった。『新女性問答』というので、にぎやかなドタバタ映画だった。とてもおもしろかった。私は割合映画ずきである。映画がきらいという人の心がわからない。今度みたいと思う映画は『足ながおじさん』である。この本を愛読しているので、ぜひみたいと思う。ジュディと足ながおじさんの関係がどうなのかはっきりわからないが、映画ができればくわしくわかるだろうから、くるのがまちどおしい。それから『新平家物語』もみたい。予告へんでみたが、天ねん色のきれいな色。色をみているだけでも楽しい。しかし『新平家物語』

をみると、きよ盛とはガリガリ亡者だと思っていたが、その想像は見事にはずれた。りっぱな心をもった人であると、少しみなおした。（八月二九日）

と記されている。

映画といえば、母と一緒に『ローマの休日』を観て感激した後、さっそく馴染みの理髪店に行き、オードリー・ヘップバーンの、本人曰く「シャギシャギの髪型」にしてくれと催促して、お店のご主人を困らせたと、笑いながら語ってくれたこともある。

＊

秋を歌った詩詞の中で、井波律子がとりわけ強い印象を受けた作品は劉禹錫《りゅううしゃく》の七言絶句「秋詞《しゅうし》」と辛棄疾《しんきしつ》の詞《ツー》「醜奴児《しゅうどじ》」（「醜奴児」は曲調の名であり、作品の内容とは直接関係しない）である。前者は『中国名詩集』に収められ（岩波現代文庫版一六頁）、後者は岩波新書『奇人と異才の中国史』で紹介されている（一一〇頁）。そして『一陽来復』「人生の労苦を秋に映して」では「秋詞」の全文と「醜奴児」の一部が引かれている（岩波現代文庫版一〇一頁）。ここに改めて両者の全文を紹介して、井波律子が深く惹かれた理由を考えてみたい。

秋詞

自古逢秋悲寂寥　古《いにしえ》より秋に逢えば　寂寥を悲しむ
我言秋日勝春朝　我れ言うに　秋日は春朝に勝《まさ》る
晴空一鶴排雲上　晴空　一鶴　雲を排して上《あが》り
便引詩情到碧霄　便《すなわ》ち詩情を引きて碧霄《へきしょう》に到る

［訳］昔から秋にめぐりあうと、そのさびしい風情を悲しむもの。私が思うに、秋の季節は春の季節にまさっている。晴天の日、一羽の鶴が、雲をおし開いて上りゆき、たちまち詩情を引き誘いながら蒼穹に達する。

醜奴児

少年不識愁滋味　少年は識《し》らず　愁《うれい》の滋味
愛上層楼　層楼に上《のぼ》るを愛す
愛上層楼　層楼に上るを愛す
為賦新詞強説愁　為《ため》に新詞を賦《ふ》し　強いて愁を説く

而今識尽愁滋味　而《しこう》して今は愁の滋味を識り尽くし
欲説還休　説かんと欲して還《ま》た休《や》む
欲説還休　説かんと欲して還た休む

却道天涼好箇秋　却《かえ》って道《い》う　天涼好箇《てんりょうこうこ》の秋と

［訳］若いときには「愁」の味わいなど知らなかった。ひたすら高楼に上ろうとしたものだ。ひたすら高楼に上ろうとし、新しい詞をこしらえては、無理やり「愁」を気取ってみせた。ところが今では「愁」の味わいをいやというほど知り尽くし、語ろうとしてまたためらう。語ろうとしてまたためらったあげく、口から出たのは「さわやかないい秋だ」。

あたかも「秋詞」で、「雲をつきぬけ、まっすぐ青い空のかなたにのぼってゆく」と歌われた白鶴が、やがて抱くことを余儀なくされたであろう屈折した思いを表現したかのような「醜奴児」は、書き続けることによって志を貫こうとした井波律子が到達した境地、ひいてはそれぞれのスタイルで志を貫こうとした多くの人々の境地を見事に言い表している。「人生の労苦を秋に映して」に見える言葉を借りれば、「世間の荒波にもまれ、年輪を重ねた者ならではの「滋味」あふれる表現だといえよう」（『新版　一陽来復』一〇三頁）。もちろん言うまでもなく「不屈の闘志と夢を見つづける能力」（『時を乗せて　折々の記』二二七頁）は少しも衰えていない。心の中はいつまでも「老驥《ろうき》（老いたる名馬）は櫪《うまや》に伏すも、志は千里に在り、烈士は暮年になるも、壮心は已《や》まず」（曹操「歩出夏門行」）なのだから。井波律子が酷愛するザ・バンドのメンバー、リック・ダンコが後に語っていた「昔は世界を変えられると思っていた。でも今は隣人のために役立っているよ」（DVD『メイキング・オブ・ザ・バンド』より）という言葉も、あるいはこれに通じるかも知れない。

＊

残された文章を入力しながら往時を懐かしむ以外、私自身は何もできなかったのですが、幸い井波律子をずっと応援してくださった編集者の方々のご厚意により、『ラスト・ワルツ』に加えて、旧著の文庫版が没後も続々と刊行されるに至りました。とりわけ井上さんが編集者としての情熱をありったけ注ぎ込まれて全三冊という大著となった本企画には、驚きと感謝の気持ちでいっぱいです。井波律子にとって何よりもありがたいことであり、本人に代わって心から御礼申し上げます。

また装丁を坂口顯さん、校正を香川茜さんが引き受けてくださったことについても、特別な感慨を抱かざるを得ません。二〇一三年九月から翌年の三月にかけて、拙訳の『新訳紅楼夢』全七冊を岩波書店より刊行していただきましたが、その際、編集担当の古川義子さんのほか、装丁、製作、校正の各分野において多くの方々のご支援を賜りました。一つの本を造り上げていく過程でどれほどプロの本領が発揮されているかをつぶさに目撃して、それぞれのお仕事に深い尊敬の念を抱いたのですが、坂口さんと香川さんはまさしくそのチームの一員にほかなりません（坂口さんは他にも井波律子の著作の装丁をいくつも手がけておられます）。十年の時を経て再びお二人のお力添えを得たことに、大きな喜びを感じています。

さらに本企画の出版を快諾してくださった本の泉社代表の浜田和子さんからは、直接お電話やお葉書をいただくなど、終始きめこまやかなご配慮を賜りました。この場を借りて厚く御礼申し上げます。

スタジオジブリのアニメーションに登場する少女たちの中で、井波律子は『魔女の宅急便』のキキが一番お気に入りでした。魔女の「アッポ」をかぶった井波律子が、ホウキならぬ自転車に乗ってお届けする多彩な「時」の贈り物を、読者の皆さんが快く受け取ってくださることを願ってやみません。

二〇二三年九月　出会って五十年の春を来年に控えて

井波陵一

井波律子

1944—2020年。富山県生まれ。1972年京都大学大学院文学研究科博士課程修了。金沢大学教授をへて、国際日本文化研究センター教授（のち名誉教授）。専門は中国文学。著書に『中国人の機智』『中国的レトリックの伝統』『中国のグロテスク・リアリズム』『読切り三国志』『三国志演義』『酒池肉林』『破壊の女神』『奇人と異才の中国史』『トリックスター群像』『論語入門』『中国人物伝（全4巻）』など多数。〈世説新語〉〈三国志演義〉〈水滸伝〉〈論語〉の個人全訳でも知られる。また身辺雑記を含むエッセイ集として、『中国文学の愉しき世界』『一陽来復』などがある。

井波陵一

1953年福岡県生まれ。1978年京都大学大学院文学研究科修士課程修了。1981年井波律子と結婚。京都大学人文科学研究所教授をへて、京都大学名誉教授。専門は中国文学。著書に『知の座標』『紅楼夢と王国維』ほか。訳書に『宋元戯曲考』『新訳 紅楼夢（全7冊）』（読売文学賞受賞）がある。

「中国文学逍遥」（全３冊）総目次

時を乗せて　折々の記　中国文学逍遥１

Ⅰ　金沢にて　一九七六～一九九五／Ⅱ　京都を活動拠点に　一九九五～二〇〇九／Ⅲ　花木と親しむ日々　二〇〇九～／付　わが家の家計簿体験談（井波テル）

汲めど尽きせぬ古典の魅力　中国文学逍遥２

Ⅰ　神話　ユートピア　異界／Ⅱ　漢詩の世界　表現のダイナミズム／Ⅲ　中国の人と文化　点描／Ⅳ　白話小説の物語世界／Ⅴ　近代中国の文学観——翻訳を手がかりに／別章　幸田露伴と中国文学

楽しく漢詩文を学ぼう　中国文学逍遥３

序　インタビューにこたえて／Ⅰ　〈ライブ感覚〉の中国文学案内——高校の生徒さんと先生方へ／Ⅱ　本をめぐる風景／Ⅲ　私の「書いたもの」から——自著を語る／別章　表現者＝中野重治をめぐって

定価　各 2530 円（税込）

楽しく漢詩文を学ぼう　中国文学逍遥３

2023年11月25日　初版第1刷発行

著　者　井波《いなみ》 律子《りつこ》

編　者　井波《いなみ》 陵一《りょういち》

発行者　浜田 和子

発行所　株式会社 本の泉社

〒112-0005 東京都文京区水道2-10-9 板倉ビル2F
電話03(5810)1581　FAX03(5810)1582
http://www.honnoizumi.co.jp

印刷／製本　株式会社ティーケー出版印刷

ＤＴＰ　河岡 隆(株式会社 西崎印刷)

ISBN978-4-7807-2251-2　C0095